리턴 레이드 헌터

FUSION FANTASTIC STORY

인기영 장편소설

Return Raid Hunter

리턴 레이드 헌터 5

인기영 장편소설

초판 1쇄 찍은 날 § 2016년 1월 7일
초판 1쇄 펴낸 날 § 2016년 1월 14일

지은이 § 인기영
펴낸이 § 서경석

편집책임 § 이창진

펴낸곳 § 도서출판 청어람
등록번호 § 제387-1999-000006호
등록일자 § 1999. 5. 31
어람번호 § 제1-2332호

주소 § 경기도 부천시 원미구 부일로 483번길 40 서경B/D 3F (우) 14640
전화 § 032-656-4452 팩스 § 032-656-4453
http://www.chungeoram.com
E-mail § chungeorambook@daum.net

ISBN 979-11-04-90590-2 04810
ISBN 979-11-04-90450-9 (세트)

FUSION FANTASTIC STORY
인기영 장편소설

5

리턴 레이드 헌터

Return Raid
Hunter

리턴 레이드 헌터

Return Raid Hunter

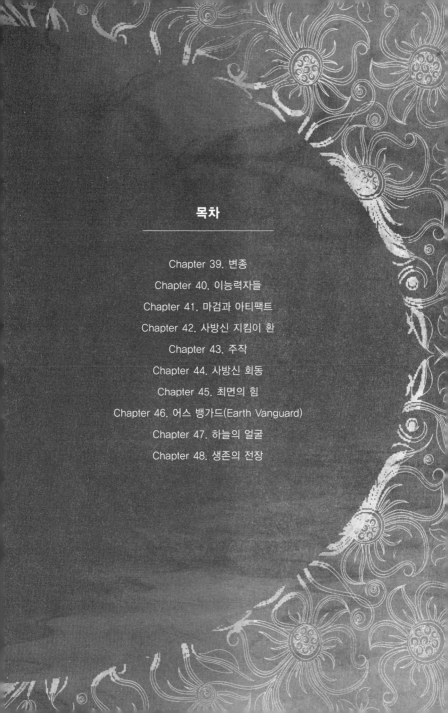

목차

Chapter 39.
변종

아리온의 입에서 데모니아라는 이름이 나왔다.

사실 놀라운 일도 아니었다.

그 정도야 전율도 충분히 짐작하고 있던 바였다.

하지만 짐작이 사실로 바뀌었을 때의 충격은 제법 컸다.

데모니아와 맞닥뜨린 적이 있는 전율인지라 더더욱 그러했다.

아직도 전율은 그녀를 떠올릴 때마다 마음 깊숙한 곳에서부터 공포가 스멀스멀 기어 올라온다.

감히 대적할 수 없는 절대적 존재, 그게 데모니아였다.

그러나 그녀의 공포가 전율의 분노를 억누를 순 없었다.

아마 그게 가능했다면 전율은 이미 전의를 잃고 마스터 콜에 두 번 다시 접속하지 않았을 것이다.

지금도 전율을 움직이게 만드는 원동력.

데모니아의 외계 군단을 어떻게든 박살 내버리겠다는 의지가 꺾이지 않을 수 있는 이유.

그것은 데모니아에 대한 복수, 증오, 분노였다.

전율이 아리온을 무섭게 노려보았다.

아리온은 이미 전율이라는 인간 자체에게 기가 눌린 터였다.

"히익!"

아리온이 사자 앞에 선 토끼처럼 몸을 달달 떨었다.

"다른 걸 묻지. 네가 정찰을 위해 지구에 온 게 언제지?"

"오, 오십 년 전······."

"오십 년 전이라고?"

아리온은 고개를 끄덕였다.

"지구에 너 같은 놈이 또 몇이나 더 있냐."

"사, 삼백······."

"지랄 같군."

생각지도 못한 사실에 전율은 놀랐다.

데모니아가 지구에 보낸 감시자들은 50년 전부터 존재했고,

그 수가 무려 삼백이나 된다고 한다.

그러니까 전생에서도 지구에는 이미 외계 종족들이 삼백이나 침투해 있었다는 얘기다.

다만 아무도 모르고 있었을 뿐.

그들은 정체를 감춘 채 줄곧 지구를 감시했고, 2015년 데모니아의 외계 군단을 지구로 끌어들였다.

'데모니아는 위협적이지 않은 행성은 공격하지 않는다고 했다. 그렇다는 건 2015년 무렵엔 지구가 위협적인 행성이 되었다는 얘기다. 한데 대체 뭣 때문에?'

지구를 정찰하는 감시자들이 무엇을 보고 데모니아에게 지구를 파괴해야 한다 한 것인지 알 수 없는 노릇이었다.

"넌 네 동료들과 연락을 취할 수 있겠지?"

"아니… 우리는 오로지 데모니아 님의 연락만 받을 수 있다."

"동료들과는 연락을 할 방법이 없다는 건가?"

아리온의 얼굴이 처참하게 일그러졌다.

"지금… 이런 경우를 대비해서 서로 간의 연락은 할 수 없도록 조치당했다."

그 조치를 취한 건 필시 데모니아일 것이라 전율은 생각했다.

"그리고 데모니아에게 연락만 받을 수 있을 뿐, 너희가 먼저 연락을 취할 수는 없다?"

"그렇다."

"만약 데모니아가 너희에게 연락을 취했는데 갑자기 연락이 닿지 않는다면 어떻게 하지?"

"주, 죽었다 판단하고 새로운 감시자를 보낸다."

"그게 끝?"

전율이 고개를 갸웃거렸다.

한데 여태껏 공포에 절어 있던 아리온의 얼굴에 분노가 어렸다.

"힘없는 종족의 비극을… 너는 아직 모른다."

아리온은 가슴속에서 울컥거리며 터져 나오는 뜨거운 감정을 억지로 찍어 누르며 말을 이었다.

"아니, 차라리 너희 지구인들처럼 아무짝에도 쓸모없는 종족이었다면 데모니아 님이 관심도 두지 않았겠지! 하, 하지만… 우리는 이도 저도 아닌 입장에 놓인 종족이다. 데모니아 님의 군단이 되기엔 약했으나 어떤 능력도 없는 하등한 종족은 아니었지. 그래서… 다른 행성을 정찰하는 감시자가 되었다."

아리온은 데모니아에 대한 원한을 늘어놓으면서도 끝까지 그녀의 이름 끝에 존칭을 붙였다.

그만큼 아리온은 데모니아를 두려워하고 있는 것이다.

"말없이 감시하다 사고로 죽어도 그만, 정체가 탄로 나서 죽어도 그만인 일회용품… 그게 우리 모라텐 행성의 종족들이다."

결국 아리온과 그의 동족들도 데모니아에게 이용당하고 있다는 얘기였다.

그의 이야기는 절절했고, 충분히 아팠으나 전율에겐 큰 감흥을 주지 못했다.

어찌 되었든 전율의 입장에서 보자면 모라텐 행성의 우주인들은 그저 지구를 감시하는 데모니아의 졸개, 그 이상도 이하도 아니었다.

자의든 타의든 데모니아의 명령을 받고 있다면, 그것으로 이미 적이었다.

"넌 데모니아의 명령을 절대적으로 받들고 있으나, 그년을 좋아하지는 않는군."

"……!"

전율의 그 말은 아리온에겐 적잖은 충격이었다.

데모니아를 '년'이라고 표현한다는 건 그에게 상상할 수도 없는 일이었다.

"년이라. 만나보지 못했으니 그런 식으로 얘기할 수 있는 것일 테지."

"아니."

전율이 아리온의 말을 끊었다.

"만나봤다. 그리고 죽기 직전까지 당해봤지."

이야기를 섞을수록 아리온은 점점 더 이상함을 느꼈다.

지구는 아직 외계 종족의 침략을 받지 않았다. 게다가 외계 종족과의 교류도 없었다.

한데 전율은 아리온을 외계 종족치고는 좀 약하다 평가했다.

그러더니 지금은 데모니아까지 만나봤다 말하고 있었다.

'위험하다.'

아리온은 전율로 인해 지구를 위험한 행성이라고 판단했다.

여태껏 아리온이 봐왔던 모든 지구인들은 결코 위협이 되는 존재가 아니었다.

지구인들은 기본적으로 육신의 힘이 형편없었고, 초능력을 사용하는 이들도 없었다.

마법에 대해서는 아예 문외한이었다.

간혹 텔레비전에서 자신이 초능력자라 자부하는 이들이 등장하기도 했다.

그런 이들은 지구에 내려온 모라텐 행성의 종족들이 반드시 찾아갔다. 정말 초능력자인지 아닌지 판단하기 위해서였다.

하지만 다들 사기꾼이었다.

모라텐 행성의 종족들은 몇 번 말을 섞는 것만으로 이를 판별할 수 있었다.

이렇듯 지구인들 자체는 아무런 위협이 되지 않는 종족이었다.

그들이 이룩해 놓은 과학의 발달 수준도 전 우주적으로 비교해 봤을 때 대단히 하등했다.

당연스럽게도 지구는 굳이 일찍 정복해야 할 행성이 아니었다.

아리온이 전율을 만나기 전까지만 해도 말이다.

'이제 이곳은 위험지역이다. 당장 정복해야 한다.'

아리온은 입 밖으로 꺼내지 못할 말을 속으로 연신 되뇌었다.

전율이 그런 아리온의 안면을 가격했다.

퍽!

"컥!"

고통으로 쩍 벌어진 아리온의 입에서 피 묻은 치아가 튀어나왔다.

코는 보기 흉하게 휘어졌다.

"머리 굴리지 마라. 널 아직 살려둔 건 물어볼 것이 남아서다. 조금이라도 이상한 기색이 보이면 당장 모가지를 부러뜨린다."

"어차피 죽일 거라 하고 협박하면 내가 협조적으로 나올 것 같아?"

"당연히 그래야겠지. 편안한 죽음과 지옥 같은 고통 속에서 맞이해야 하는 죽음. 넌 둘 중 하나를 선택할 수 있을 테니까."

"…크윽!"

악마였다.

아리온의 눈에 비친 전율은 지독한 악마와도 같았다.

자신의 목적을 위해 타인의 생명을 아무렇지도 않게 생각하는 인간이라니?

사이코패스라는 유형의 지구인들은 그런 성향을 갖고 있다고 했디.

하지만 전율은 사이코패스처럼 보이진 않았다.

'내가 외계 종족이라는 걸 알아서 이토록 잔인한 건가?'

그런 물음이 떠오른 시점에 또 다른 의문이 일었다.

'그러고 보니 애초에 내가 외계인이라는 걸 어떻게 알아챈 거지?'

놀랄 노 자였다.

현재 지구의 기술로선 전 세계에 퍼져 있는 모라텐 행성인들을 분간해 낼 방법이 없었다.

한데 전율은 자신이 외계인이라는 것을 대번에 알았다.

'정말 위험하다. 지구에는 이런 인간이 더 있는 것인가? 우리가 발견하지 못했을 뿐인가? 그렇다면 지구는 당장 침략해야 할 행성이다.'

빠악!

"크헉!"

아리온이 깊은 생각에 빠지자 전율이 어김없이 주먹을 날렸다.

"머리 굴리는 소리가 너무 잘 들리거든."

"끄으으……."

전율이 아리온의 머리채를 확 잡아챘다.

"지구에 퍼져 있는 너희 종족들은 숨이 다할 때까지 계속 머물러 있는 거냐?"

"그, 그래."

"머릿수가 줄어들면 줄어든 만큼 새로운 녀석이 감시자로 오는 시스템이고?"

"그렇다."

"다들 어디에 퍼져 있지?"

"전 세계 곳곳에……."

"자, 다시 시작이다. 이제부터 대답을 길게, 그리고 자세히 하지 않으면 아까와 같은 고통을 느끼게 될 거다."

아리온은 전율이 두려워 차마 입 밖으로 꺼내지 못하고 속으로 욕을 내뱉었다.

뼈가 하나하나 부러지는 아픔은 이루 말할 수 없을 정도로 견디기 힘들었기 때문이다.

"네 종족들은 한 지역에 정착해서 살아가나?"

"이 년에 하, 한 번씩… 다른 지역으로 옮겨 간다."

"한국에는 몇 명이 있지?"

"이렇게 좁은 땅덩어리는 혼자서 2년이면 다 정찰할 수 있다. 나밖에 없다."

아리온은 거제도를 시작으로 한국 땅을 밟았다.

그리고 한 지역에서 최대 4일 이상을 머물지 않으며 두 발로 걸어 전국을 다녔다.

이제 두 달만 더 지나면 새로운 지역으로 옮겨 가야 할 2년이 되는 시기였다.

그가 두 달을 남기고서 정찰을 시작한 지역은 춘천이었다.

아리온은 하루 동안 춘천 전역을 전부 정찰했다.

그다음 날도 똑같은 루트를 밟으며 한 번 더 정찰을 완료했다.

그때까지도 딱히 특별한 건 없었다.

그런데 삼 일째 되던 날, 보통의 인간들보다 더 강렬한 기운을 풍기는 인간을 포착했다.

전율이었다.

일단은 모른 척 지나쳤다. 이후 전율을 미행하려 했지만, 그는 택시를 타고 빠르게 사라졌다.

아리온은 전율에 대해 파악하기 위해 다음 날 같은 시간에 같은 장소를 다시 찾아갔다.

다행히 전율은 그곳에 있었다.

이번에도 전율을 모른 척 지나친 뒤, 제대로 미행하며 감시할 생각이었다.

그런데 역으로 전율에게 자신이 당해 버린 것이다.

"한국에는 너밖에 없다고?"

전율이 의아해서 물었다.

"그래."

우두둑!

거짓이 아니기에 자신 있게 대답했건만 그 대가로 손가락이 부러졌다.

"아악! 왜, 왜애!"

"넌, 사실을 말하지 않았다."

"이런 씨팔… 이딴 식으로 고문을 할 거면 차라리 죽여! 사실을 말해도 원하는 대답이 나오지 않았다고 고통을 줄 거라면 죽이란 말이다, 개자식아!"

짝!

발악을 한 아리온의 뺨이 화끈해졌다.

"크윽!"

"내 눈 똑바로 봐."

'제기랄! 어차피 이러나저러나 고문할 거라면 들이받고 말지!'

아리온이 악에 받친 시선으로 전율을 노려봤다.

전율이 그의 눈을 마주 보다가 속으로 생각했다.

'거짓말을 하고 있는 건 아닌데……'

그렇다면 김진세는 대체 뭐란 말인가?

혼자 생각해 봤자 답이 나올 리 없었다.

"김진세라는 사람에 대해 아나?"

"그게 누군데!"

"너와 같은 기운을 기진 녀석이다."

'기운? 기운이라고?'

그제야 아리온은 전율이 기운을 느껴 인간이 아닌 종족을 판별해 냈음을 알게 되었다.

'녀석은 우리 종족이 인간과 다른 기운을 가지고 있음을 알 수 있다.'

생각을 정리한 아리온이 넌지시 전율에게 물었다.

"기운이라니? 그게 무슨 말이지?"

"질문은 나만 한다. 넌 김진세를 정말 모른단 말이지?"

"모른다."

결국 김진세의 정체를 파악하기 위해서는 직접 가서 묻는 수밖에 없었다.

　전율이 아리온의 머리채를 놓고 자리에서 일어섰다.

　그리고.

　콰직!

　"……!"

　녀석의 머리를 밟아 터뜨렸다.

　아리온은 단말마의 비명도 지르지 못한 채, 죽음을 맞았다.

　전율은 이제 녀석의 시체를 어떻게 처리할까 고민했다.

　한데, 놀랍게도 그의 시체가 마스터 콜의 몬스터들마냥 검은 연기로 화해 사라졌다.

　"흔적을 아예 없애기 위한 방편이군."

　외계 종족이 지구에 살아가고 있다는 흔적 자체를 없애기 위해서 데모니아가 어떤 수를 쓴 모양이었다.

　전율은 당장 김진세를 찾아가려 했다.

　그런데 갑자기 떠오른 생각 하나가 그의 발목을 잡았다.

　"가만……."

　아리온은 분명 동료들 간에 서로 연락을 취할 수 없다고 했었다. 한데 한국에 머물고 있는 모라텐 행성인은 자기 자신밖에 없다고 확신했다.

　'그런 게 가능한 걸까?'

사전에 서로 약속한 동선대로 움직인다면 가능할 수도 있다.

한데 그러기 위해선 지구의 전 대륙에 대해 미리 파악해야 하고, 복잡한 동선을 짜서 정확한 시간대로 나누어 움직여야 한다.

그건 너무 수고스러운 일이다.

데모니아가 그렇게 정찰에 손이 많이 가는 종족을 행성의 감시자로 채택했을까?

데모니아의 입장에서 보자면 서로 텔레파시 같은 능력으로 연락을 취할 수 있는 종족을 감시자로 쓰는 게 훨씬 이득이다.

전 우주를 대상으로 놓고 게임을 벌이는 여인이다.

거의 신이나 다름없으며 어둠을 관장하는 존재가 이런 식으로 일을 처리했을 리 없었다.

'설마⋯⋯.'

뒤늦게 전율은 불길한 예감이 들었다.

'거짓말을 한 건가?'

그때였다.

지이이잉—

주머니 속 스마트폰이 몸을 떨어댔다.

전율이 스마트폰을 꺼내 액정에 뜬 이름을 확인했다.

김진세였다.

　　　　*　　　　*　　　　*

"이런 미친!"

이사를 하루 남겨두고 홀로 초리미디어 사무실에서 이런저런 작업을 하고 있던 김진세는 갑자기 욕을 뱉었다.

"전율? 그 새끼가 그렇게 대단해?"

김진세는 스마트폰을 꺼내 전율에게 전화를 걸었다.

신호음이 몇 번 울리기도 전에 전율의 음성이 들려왔다.

―김진세.

"당장 일루 터 와, 새끼야!"

―그러지.

"너… 지금 폭탄 건드렸어."

통화는 바로 끊겼다.

"에이 씨팔!"

김진세가 스마트폰을 냅다 집어 던졌다.

콰직!

박살이 난 스마트폰를 바라보던 김진세의 눈에 초록빛 안광이 어렸다.

　　　　*　　　　*　　　　*

전율은 바로 초리미디어를 찾아갔다.

그가 뜯어놓은 현관문은 다시 달려 있었다.

전율이 문을 열고 들어서자마자 김진세가 달려들어 멱을 잡아 틀었다.

"너 뭐야!"

전율이 그런 김진세를 무심히 바라보다 되물었다.

"그러는 너야말로 뭐냐."

"너… 사람 맞냐? 어? 맞냐고 새끼야!"

"그거 내가 던져야 하는 질문 아닌가?"

"이런 개……!"

김진세가 주먹을 말아 쥐고 뒤로 당겼나.

하지만 차마 내지르지는 못했다.

"휴."

김진세는 잡고 있던 전율의 멱을 거칠게 놓았다.

"일단 들어와. 얘기 좀 합시다. 잘나신 양반."

전율은 김진세를 따라 사무실로 들어갔다.

김진세가 종이컵에 믹스 커피를 타서 건넸다.

둘은 종이컵 하나씩을 들고 소파에 마주 보고 앉았다.

커피를 한 모금 들이켠 김진세가 미간을 찌푸렸다.

"이런, 더럽게 싱겁네. 후… 어이, 대체 어쩌자고 일을 이 지경으로 만든 겁니까?"

"경고하는데, 지금부터 말과 행동을 조심해야 할 거다. 더이상 난 널 유리아의 소속사 대표로 보지 않아. 지구에 기생하는 더러운 외계 종족으로 인식할 뿐이지."

"씨팔, 그 소리 우리 어머니가 들으면 관 뚜껑 열고 벌떡 일어나겠네."

"묻는 말에 대답하지 않으면."

전율이 협박을 가하려 하자 김진세가 선수를 쳤다.

"손가락 열 개, 발가락 열 개, 사지를 차례대로 부러뜨리고 그래도 마음에 안 들 경우 거시기를 자른 다음, 마지막엔 모가지를 분지르겠다고?"

"…역시 너희끼리 텔레파시가 가능했군."

김진세가 고개를 절레절레 흔들었다.

"나도 도매금으로 싸잡아 넣지 말아요. 기분 좆같으니까."

"개소리하지 마."

"사람 입에서 개소리가 왜 나와! 나는 걔네들이랑 다르다고, 이 양반아!"

"그걸 증명 못 하면 죽는다."

"하! 어이, 전율! 그쪽이 일을 해결하는 방식은 무조건 죽이고 보는 거야? 그래? 어이가 없어서."

김진세는 검지로 자기 머리를 톡톡 두들겼다.

"이걸 좀 굴리란 말야. 힘으로 다 뒤집어엎으려 하지 말고! 아니… 아니아니. 지금 이게 중요한 건 아니고. 일단 나에 대해서 얘기해 줄 테니까 믿든지 말든지, 알아서 판단해."

김진세가 품에서 담배 한 개비를 꺼내 물었다.

탁탁.

그는 휠라이터로 불을 붙여 깊게 한번 빨아들인 뒤, 연기와 함께 말을 내뱉었다.

"후~ 결론부터 얘기하지. 나는 변종(變種)이야."

"변종?"

"그래. 오리지널 모라텐족이 아니라고. 알아들으시겠어요?"

"그럼 지구에 있는 모든 모라텐족들 중 그쪽만 변종이라는 건가?"

"그렇다니까."

"왜지?"

"사랑은 국경과 나이를 초월하는 것도 모자라 종족까지 초월한다지."

전율은 그 말을 듣자마자 고개를 주억거렸다.

"모라텐족의 누군가가 지구인과 사랑에 빠졌군. 그 사이에서 태어난 게 그쪽이고."

김진세가 손가락을 딱 퉁겼다.

"유레카. 그래서 난 반은 인간이고 반은 모라텐족인 돌연변

이, 변종인 거지. 아마도 물어볼 것 같아서 미리 말해주는 건데, 지구인이었던 아버지는 모라텐족에게 바로 살해당했고, 모라텐족 사람이었던 어머니는 날 데리고 칠 년간 숨어 지냈어. 하지만 이게 숨어도 숨는 게 아니거든. 모라텐족들은 서로의 정신이 강제적으로 이어져 있단 말이야. 24시간 텔레파시 상태라는 거지."

잠시 말을 끊은 김진세가 커피를 홀짝 인 뒤, 담배를 깊이 빨았다.

"후우~ 아, 연기 그쪽으로 뿜어서 미안. 믹스 커피랑 담배의 조합은 엄청난 입 냄새를 탄생시키는데, 역했겠네."

"본론이나 계속 이어가지."

"재촉하지 마라, 좀. 안 그래도 그럴 거니까. 아무튼 텔레파시가 통하는데도 칠 년이나 도망 다닐 수 있었던 건, 모라텐족들이 우리 모자를 추적하는 데만 시간을 쏟을 수 없었기 때문이지. 그놈들은 지구를 정찰하는 게 주목적이거든. 그리고 엄마는 의식적으로 '생각 흘리기'를 해나갔어."

"생각 흘리기가 뭐지?"

"문득 문득 머릿속에 떠오르는 생각들에 의미를 두지 않고 그냥 흘려버리는 거지. 생각이라는 건 의미를 두는 순간 구체화되어 버리거든. 최대한 생각을 하지 않으려고 노력하는 거야. 지금 엄마가 나와 도망치고 있다는 생각도, 여기가 어디인지 파악하려는 생각도 말이야. 그렇게 흘러 지나가는 생각은 텔레파시에 잡히지 않거든. 뭐… 결국 도망자 8년 차를 맞지 못하고서 어머니는 돌아가셨지만. 난 가까스로 살아남았지. 왜? 변종의 특권 때문에."

"변종의 특권?"

김진세가 고개를 끄덕였다.

"나는 그들이 어디 있는지 무슨 생각을 하는지, 다 알고 있어. 아까 말한 그 강제 텔레파시가 항상 정보를 가져다주거든. 그런데 그들은 내가 어디서 뭘 하는지는 모르고, 머릿속도 들여다볼 수 없어요. 엄청난 일방통행이지? 나도 이런 게 가능하다는 걸 어머니가 죽고 혼자 지내며 알게 되었어. 어두운 밤 숲 속에서 날 놓친 그 놈들이 머릿속으로 주고받는 대화가 가관이었단 말이죠."

김진세는 남은 커피를 단숨에 들이켜고서 담배를 필터까지 빨아들었다. 그리고 꽁초가 된 담배를 종이컵에다 툭 던졌다.

치이익.

불꽃이 소멸하는 소리가 조용한 사무실에 퍼져 나갔다.

"녀석들 중 한 명이 그러더라고. '아이의 생각이 들리지 않는다'고. 그러자 다른 녀석들이 일제히 성질을 내더군요? 우리도 그런 생각이 들려 할 때마다 흘려버리고 있었는데, 그것을 구체화시키면 어쩌냐고. 만약 아이가 우리의 생각을 일방적으로 듣고 있다면? 그런데 우리는 아이의 생각을 듣지 못하는 거라면? 정말 낭패가 아니겠냐고 말이야. 그러자 처음에 입을 연 녀석이 더 성질을 냈지. 아주 아이한테 '네가 유리하단다. 그러니 우리 생각 잘 읽고 도망가라'며 친절히 가르쳐 줄 셈이냐고. 하하하. 그야말로 블랙코미디가 따로 없단 말이야. 그쵸?"

"그래서… 이후로 철저히 숨어 지내왔다는 말이군."

"이야기의 끝은 그렇게 되는 거지."

짧은 시간 동안 한 사람의 인생사를 다 듣고 난 전율은 잠시 침묵을 지켰다.

김진세도 그런 전율을 괜히 건드리지 않았다.

'김진세의 말이 사실인 건가?'

전율은 계속 그런 의문을 던지고 있었다.

지금 같은 상황에서는 누구도 쉽게 믿을 수가 없었다.

김진세의 분위기를 봐서는 거짓을 말하는 것 같진 않았다.

하지만 그것만 가지고 믿어버리기는 어려웠다.

둘 사이에 무거운 공기가 내려앉았다.

김진세는 다시 담배 한 대를 피워 물었다.

그러다 전율을 보고서는 담뱃갑을 내밀었다.

"태우나요?"

"아니."

"근데 아까부터 말이 계속 짧네? 네가 나보다 나이가 많아요, 주민번호가 빨라요?"

"그게 그 말 아닌가?"

"계속 짧네? 확 두들겨 패버릴까 보다, 이 지구인 새끼."

김진세의 너스레에 전율은 결국 피식 웃어버렸다.

"겨우 웃는구만. 한데 지금 웃을 상황이 아니거든."

지가 웃겨놓고 웃을 상황이 아니라고 하는 건 또 무슨 심보인가 싶은 전율이었다.

"너에 대한 정보는 모든 모라텐족들이 공유했어요. 삼 일 후, 데모니아가 모라텐족들에게 연락을 취할 거야. 그럼 당연히 그 정보들이 전달될 테고, 데모니아는 지구의 침략 시기에 대해 고민하겠지."

순간 전율의 눈이 휘둥그레졌다.

그가 김진세에게 다급히 물었다.

"모라텐족들은 눈으로 본 걸 생생하게 전할 수 있습니까?"

비로소 전율이 다시 말을 높였다.

김진세는 만족한 듯 옅은 웃음을 지었다가 바로 정색하며 말을 뱉었다.

"생생? 아예 와이드스크린 보는 것처럼 있는 전달되거든? 그들이 눈으로 본 건 그대로 이미지화해서 머릿속에 기억의 한 조각으로 박힌다 이 말이야. 그 기억을 꺼내서 붙드는 행위를 뭐라 그래? 생각한다 그래. 그런데 모라텐족의 텔레파시는 누군가의 생각을 있는 그대로 전달해 준다고. 한마디로 직접 보지 못해도 타인의 생각을 접함으로써 본 것처럼 느낄 수 있단 말이지. 그건 왜 물어봤어요?"

"그럼 데모니아도 모라텐족들이 생각을 그런 식으로 전달받는 겁니까?"

"그렇다니까. 왜 물어봤냐구요, 이 새끼야."

"데모니아가… 내 얼굴을 압니다."

"…뭐?"

"데모니아와 만난 적이 있다구요."

김진세가 어처구니없다는 표정으로 혀를 찼다.

"쯧쯧. 나한테 너무 엄청난 얘기를 들어서 맛탱이가 갔나 보네. 그래. 아까 아리온 상대할 때는 네가 허세 좀 부린답시고 데모니아를 아는 척했다 치자. 외계인을 만났다는 허풍? 그건 한 반의 반 정도는 믿어줄 수 있어. 넌 외계인을 찾아내는 능력이 있으니까. 그런데 데모니아를 만났다고? 말도 안 되지. 지구인이 그렇게 옆집 사람 찾아가듯 만날 수 있는 존재가 아니야. 차라리 하나님을 영접했다고 하세요, 씨방새야."

절대 믿지 못하겠다는 투로 따발총처럼 말을 쏟아낸 김진세를 전율이 진지하게 바라봤다.

"눈에서 레이저 나오겠네."

"진짜로 봤습니다."

"아~ 그러셨어요? 더 할 말 없네요. 나가. 정신 병원부터 갔다 와. 그다음에 다시 얘기하자."

"…이번엔 내 이야기를 해드릴게요."

"……"

"마스터 콜이라는 걸 아십니까?"

"마스터 콜?"

*   *   *

전율의 이야기를 다 듣고 난 김진세는 넋이 나가 줄담배를 피워댔다.

좁은 사무실이 뿌얀 담배 연기로 가득 찼다.

김진세는 결국 남아 있던 꽁초까지 모두 피워 젖힌 다음에 야 입을 열었다.

"이걸 믿어야 돼?"

"믿든 안 믿든 당신 선택이지만 난 진실만을 말했습니다."

"그래… 마스터 콜이니, 레모니아니, 네가 지구에서 유일하게 선택된 모험가니 다 알겠어. 알겠는데! 근데… 마스터 콜에 침입한 데모니아와 맞닥뜨렸었다고?"

전율이 말없이 고개만 움직여 답했다.

"데모니아는 네게 흥미를 보였고, 어느 행성에 사는지 기억을 읽으려 했지만 레모니아의 개입으로 실패했었고?"

"네."

"널 완전히 죽여놓으려 했었는데 그것도 역시 레모니아의 개입 때문에 수포로 돌아간 거란 말이지?"

"그래요."

"한마디로 너, 데모니아한테 찍힌 놈이라는 거잖아?"

"그렇게 되겠죠."

전율이 이를 빠드득 갈았다.

김진세도 사태의 심각함에, 눈을 질끈 감았다가 떴다.

"삼 일 후, 데모니아가 모라텐족들과 접촉을 시도하면 네 존재가 분명히 알려져."

그건 곧 전율이 지구에 살고 있다는 걸 밝히는 것이다.

"그럼 데모니아가 어떻게 행동할까? 심지어 모라텐 놈들이 널 위험 인자로 판단했고 당장 지구를 침략해야 한다 보고할 텐데!"

"……."

"젠장! 조금 전까지는 그마나 희망이라도 있었지! 이제는 끝났어! 아리온을 죽일 게 아니라 어떻게든 회유해서 아군으로 만들었어야 해!"

콰앙!

김진세가 주먹으로 책상을 후려쳤다.

그러고서는 이글거리는 시선으로 전율을 노려보며 말했다.

"좆됐다, 씨발."

Chapter 40.
이능력자들

절체절명.

그 말이 딱 맞았다.

지구가 대위기에 처했다.

앞으로 3일 후, 그때까지 대안을 찾지 못하면 지구는 데모니아가 거느리는 외계 종족의 침략을 받게 될 확률이 높았다.

김진세는 머리를 싸매고 고민했다.

하지만 이렇다 할 방법을 찾을 수가 없었다.

"미치겠네. 도무지 돌파구가 보이질 않아."

김진세는 두 발이 늪에 깊이 빠져 헤어 나오지 못하는 심정에 사로잡혔다.

상황을 타개하려고 애를 쓰면 쓸수록 몸은 점점 더 깊은 늪 속으로 가라앉기만 했다.

머릿속에 혼란만 불어나고 있었다.

지독한 혼란의 안개는 제대로 된 사고를 방해했다.

"지구에 있는 모라텐족을 전부 다 잡아버려? 삼 일 안에?"

김진세의 말에 전율이 고개를 저었다.

"데모니아가 연락을 취해왔는데 모라텐족이 싹 전멸했으면? 당연히 나에 대한 보고는 받지 못하겠지. 그러나 내가 데모니아라면 당장 지구를 침략할 거야."

"씨팔… 그렇지."

모라텐족을 짧은 시간 동안 모두 솎아내서 처단했다면, 그 행성엔 무언가가 있는 것이다.

데모니아가 이런 상황을 간과하고 넘길 리 없었다.

아니, 무엇보다 3일이란 시간 안에 모라텐족을 전부 잡는다는 게 불가능한 일이었다.

그때 문득 전율은 마더에게 들었던 시저의 인터뷰 내용이 떠올랐다.

'구별할 수 없는 존재들을 일찍 구별할 수 있었다면 지구에 닥친 재앙이 더 빨리 다가왔을지도 모릅니다.'

'설마 그게 이런 것이었나?'

전율은 지구인들이 구별할 수 없는 존재인 모라텐족을 구별해 냈다. 그 때문에 앞으로 6년 뒤에나 일어날 외계 종족의 침략이 앞당겨질 판이었다.

'이번에는 내가 멍청했어.'

전율은 스스로의 잘못을 인정했다.

하지만 그렇다고 자책하는 데 쏟을 시간은 없었다.

이미 저질러진 일이다.

지금은 이 위기를 어떻게 해결할지 고민하는 것이 옳았다.

'우선은 삼 일 후, 데모니아가 지구를 침략 대상의 행성으로 판단하는 게 옳다고 봐야 한다.'

그러나 지구가 침략 대상이 된다 하더라도 바로 쳐들어올 수는 없을 것이다.

외계 종족이 지구에 도착하기까지의 시간이 필요하다.

전생에서는 데모니아의 얼굴이 전 세계의 하늘을 뒤덮은 뒤, 8일째가 되는 날 외계 종족은 지구를 침략했다.

만약 그 시간까지 벌 수 있다고 한다면 남은 시간은 총 11일이었다.

전율이 할 수 있는 건 그동안 마스터 콜에 접속해 최대한 강해지는 것이 첫 번째였다.

두 번째는 마더의 데이터 속에 있는 이능력자들을 각성시키는 것이다.

하지만 과연 짧은 시간에 그들을 만나 이 상황을 설명하고 납득시키는 게 가능할지가 의문이었다.

아마 대부분 전율을 미친놈 보듯 할 것이다.

'그래도 해봐야 한다.'

해외에 있는 이들을 만나 각성시키는 건 무리일지라도 한국에 있는 이능력자들은 만나봐야 했다.

문제는 마더의 데이터 속에 있는 그들의 신상 명세가 외모, 나이, 성별, 이름, 주민번호, 그리고 세계가 파괴되기 전의 국적이 전부라는 것이다.

가장 중요한 것은 지금 그들이 사는 곳의 주소인데, 진율은 그걸 알 방도가 없었다.

그때 번개처럼 떠오르는 얼굴 하나가 있었다.

'용식이 형님.'

용식은 대부 업체를 운영하는 우두머리인 만큼 불법적인 일을 하는 이들과 연이 제법 많이 닿아있다.

물론 그들 사이에 두터운 우정 같은 건 없을 것이다.

하지만 연만 닿는다면 그들에게 우정보다 더 값어치 있는 돈으로 일을 해결할 수 있다.

돈은 전율에게 차고 남을 정도로 많이 있었다.

'흥신소에 의뢰해서 정보를 수집한다.'

전율은 용식이 아는 흥신소 전부에다가 이능력자들의 정보를 뿌리게 해 그들의 거주지를 알아낼 셈이었다.

이능력자들을 설득하는 데 성공할 가능성은 희박하지만 그래도 할 수 있는 데까지는 해볼 생각이었다.

여차하면 강제로 마나 하트를 먹여야 하는 상황이 올지도 몰랐다.

'그렇게 된다 해도 어쩔 수 없다.'

아직까지는 아무것도 모르는 이능력자들을 각성시켜 외계 종족과의 전투에 내보낸다는 것이 미안하긴 했다.

하지만 누군가의 희생이 없으면 더 많은 사람이 죽는다.

이미 미래는 바뀌었기에 원래는 이름을 떨칠 이능력자가 될 이들이 각성도 못 해보고 외계 종족에게 죽어버릴지 모르는 일이다.

혹은 그들의 가족이 죽음을 당할 수도 있었다.

어찌 되었든 강제로 그들에게 마나 하트를 먹이는 것은 최후의 수단이었다.

전율도 굳이 그렇게까지 하고 싶은 마음은 없었다.

마지막으로 전율이 할 수 있는 것.

그것은 사방신의 테이밍이었다.

그러나 가장 중요한 시간이 부족했다.

당장 중국으로 날아가는 것부터가 문제였다.

하나 조금만 생각해 보니 그건 해결할 수 있을 것 같았다.

스토어에서 진열된 생활용품 중, 공간이동과 관련된 마법 아이템을 본 기억이 있었다.

그 아이템은 예전에 구입했던 바람의 펜던트보다 훨씬 괜찮은 물건이었다.

바람의 펜던트는 자신이 가봤던 장소로만 공간이동을 할 수 있었고, 거리 역시 10㎞라는 제한이 걸려 있었다.

그런데 잘은 기억이 안 나지만 최근에 스토어에서 봤던 공간이동 아이템은 거리의 제한이 없었다.

'가보지 않았던 곳까지 갈 수 있었는지는 잘 모르겠군.'

만약 그게 가능하다면 이능력자들을 최대한 빨리 만나 팀 판을 지은 뒤, 지킴이 환을 잡으러 갈 셈이었다.

'이러나저러나 결국 시간 싸움이군.'

전율이 묵묵히 방책을 세우고 있을 때 김진세는 속이 타 들어가 죽을 지경이었다.

"어이, 일을 이 지경으로 만들어놓고 팔자 좋으세요? 누구는 대가리 터지게 고민하고 있는데, 혼자 신선놀음하고 있네?"

그 말에 전율이 벌떡 일어났다.

"뭐야? 왜 일어나?"

"신선놀음하기 싫어서."

"좋은 수라도 떠올랐어요?"

"좋은 수라기보단 최선의 수가 떠올랐습니다."

"내가 도울 건?"

"그다지."

"도울 필요가 없다는 거야, 도움이 안 된다는 거야? 참고로 후자면 상당히 빈정 상할 것 같아."

"둘 다."

"염병."

"갑니다."

"그 수가 뭔지나 좀 들려주고 가지?"

전율은 김진세에게 자신이 미래에서 왔다는 얘기는 하지 않았다.

마스터 콜과 지금의 인생에 관해서만 얘기했을 뿐이다.

"짧게 정리해 줄 테니 잘 들어요. 난 11년 후의 미래에서 이미 한번 죽었습니다."

"뭐?"

김진세는 이게 무슨 귀신 씻나락 까먹는 소리인가 싶었다.

"내가 기억하는 미래는 앞으로 6년 후, 2015년에 외계 종족의 1차 침공이 시작됩니다. 그런데 지금은 그게 어긋났죠. 나로 인해. 어찌 되었든 지구인들은 외계 종족과 싸우며 어떻게든 버텨 나갔으나 2020년 결국 멸망의 길을 걷게 됩니다."

"잠깐… 잠깐만. 그럼 댁이 외계인과 조우한 적이 있다고 했던 건… 그 미래에서?"

"맞습니다."

솔직히 말해서 김진세는 황당무계한 이야기라고 생각했다.

하지만 그렇다고 믿지 않을 수도 없었다.

전율이 지금 이런 상황에서 허튼소리나 할 인간이 아니었기 때문이다.

그래서 그를 의심하기보단 무작정 믿고, 궁금한 걸 묻기로 했다.

"한 가지 풀리지 않는 문제가 있는데."

"뭡니까?"

"지금 지구인들 꼬라지를 보면 절대 외계 종족과의 사투에서 이길 수가 없는 수준이거든? 그런데 어떻게 2020년까지 버텼다는 건데? 말이 안 되잖아요, 말이."

"그럼 나 같은 지구인이 있다는 건 말이 됩니까?"

"…어라?"

듣고 보니 그랬다.

김진세는 여태껏 말도 안 되는 지구인과 얘기를 주고받고 있었다.

"지구인이 어떻게 댁 같을 수 있는 거지? 머리만 이상한 줄 알았는데, 다시 보니까 사람 자체가 이상하네?"

"자세히 설명하긴 복잡하고 과거로 돌아와 보니 이능력자가 되어 있었죠. 요점은 전 미래를 겪어봤고, 당시 외계 종족과 싸우던 이능력자들 중 한국에 거주하는 이들의 정보를 얻을 수 있다는 겁니다."

"그래서? 그들을 찾아서 뭘 어쩌게? 그들이 이미 이능력자라도 된다는 거야?"

"아직은 아닙니다."

"그럼?"

"각성시켜야죠."

"각성을 시켜? 무슨 수단으로?"

"거기까지만 알아둬요. 일일이 다 설명할 시간이 없으니까."

"그러니까 이능력자들을 각성시켜서 외계 종족과 대항할 군단을 만드시겠다? 3일 안에?"

"내 예상으로는 여유 시간이 11일 정도 있습니다."

"그것도 댁이 미리 겪었던 미래의 데이터에 근거한 거야?"

"네."

"니미럴. 3일이나 11일이나. 그래 뭐 어떻게든 각성시켰다고 치자. 어떻게 성장시킬 건데?"

전율이 김진세에게 마지막 한 마디를 넘겨놓고 사무실을 나섰다.

"마스터 콜."

　　　　　*　　　　　*　　　　　*

　전율은 당장 춘천으로 올라와 미래대부를 찾아갔다.

　노크도 없이 문을 벌컥 열고 들어서니 용식 패거리는 중식으로 끼니를 때우는 중이었다.

　용식 패거리는 성스러운 식사 시간에 예의 없이 들이닥친 불청객이 짜증 났다.

　하지만 사무실에 들어선 이의 얼굴을 확인하는 순간 짜증은 한순간에 사라졌다.

　"형님, 오셨습니까!"

　미래대부 넘버 투 박성진이 구십 도로 인사를 했다.

　그러자 용식을 제외한 다른 패거리도 일제히 식사를 멈추고서 벌떡 일어서서 허리를 접었다.

　"오셨습니까!"

　미래대부에서 전율보다 나이가 적은 사람은 거의 없다.

　대부분이 선배고, 형이다.

　그럼에도 전율은 이들에게 형님이 되었다.

　끝장날 뻔한 미래대부를 구해준 것에 대한 보답으로 그들은 전율을 형님으로 모시겠노라 다짐했었다.

　전율은 연배 높은 이들의 인사를 당연하게 받으며 용식에게 다가갔다.

다른 패거리가 전부 자장면을 먹는데 혼자만 간자장을 먹던 용식이 눈을 말똥말똥거리며 물었다.

"어, 율아. 연락도 없이 어쩐 일이냐?"

"형님, 흥신소 쪽 많이 알죠?"

"알기야, 알지. 갑자기 흥신소는 왜? 누구 찾아야 할 사람 있어?"

"네. 최대한 급하게 찾아야 하고 한둘이 아닙니다. 형님이랑 연 닿는 흥신소에 전부 의뢰해야 할 겁니다."

"의뢰하는 거야 문제가 아닌데… 그러려면 돈이 한두 푼 드는 게 아닐 텐데."

역시나 예상했던 말이 튀어나왔다.

"얼마나 필요한데요?"

"사람 찾는 거야 뭐… 이름이랑 주민번호만 있으면 어렵지 않게 찾겠지만 한둘이 아니라니까 그렇지. 게다가 연 닿는 흥신소에 전부 일거리 주려면, 어휴. 야, 어설프게는 안 된다. 프리미엄도 걸어야 돼요. 여기저기 일 맡겼다가 찾는 쪽에만 대금 지급하면 나 죽이려 들걸? 그건 애초부터 흥신소 애들끼리 경쟁 붙이는 거잖아. 그러니까 기본금에다가 보너스까지 얹어 줘야 할 거야. 그래야 뺏겨도 보너스 받았으니 불만 없다고 나오지."

용식이 엄살을 잔뜩 늘어놓았다.

그래놓고서는 전율의 눈치를 슬슬 보다가 헛기침을 하며 본심을 드러냈다.

"허험! 근데 저… 하율 씨는 잘 계시지? 아니 뭐 다른 마음 있어서 그러는 건 아니고, 요새 몸이 너무 허해서 말이야. 병원에 가도 안 낫고 보약을 지어 먹어도 안 나아서 점집에 갔다 이거지. 근데 거기 무당이 이름에 여름이 들어가는 여자를 만나면 괜찮아질 거라네? 내가 지금 마음이 추워 병이 난 거라면서."

"우리 누나 '연꽃 하' 자 쓰는데요."

"그, 그래! 그러니까. 그 연꽃이 여름에 피는 거잖아."

전율이 용식의 헛소리를 한마디로 막아버렸다.

"3억 드릴게요."

"아니, 지금 3억이 문제가 아니라……!"

용식이 말을 하다 말고 그대로 굳었다.

용식뿐만이 아니었다. 그 밑의 패거리들도 눈이 튀어나올 듯 커져서 굳어버렸다.

겨우 정신을 수습한 용식이 전율에게 물었다.

"바, 방금 3억이라 그랬냐?"

"네."

3억.

용식 패거리가 미래대부를 세우고 열심히 사채를 돌려 몇 년 동안 벌어들인 돈이 7억이었다.

한데 그 안에서 일부는 다시 밖으로 돌리고, 일부는 생활하는 데 쓰고, 일부는 사업 시작할 때 빚진 걸 갚고 하니 순수하게 남는 건 겨우 1억 몇천이 고작이었다.

그런데 3억이란 거금을 한 번에 준다고 한다.

사람을 몇 명이나 찾는 건지 몰라도 그 정도면 흥신소 여러 곳에 일 돌리고 족히 반 이상은 남겨먹을 수 있었다.

"부족합니까?"

전율의 말에 용식이 고개를 절레절레 저었다.

"충분해. 근데 3억 말이다. 그거 내 마음대로……."

전율이 용식의 말을 잘랐다.

"네. 형님 마음대로 사용하십시오. 종이랑 펜 좀 주세요."

전율의 말에 미래대부 넘버 쓰리 노태식이 날래게 움직였다.

그가 얼른 전율에게 종이 한 장과 펜을 넘겨주었다.

전율이 소파에 앉아 펜을 쥐고 속으로 마더에게 물었다.

'마더. 이능력자 중 한국 국적을 가지고 있던 이들의 이름과 주민번호를 알려줘.'

전율의 부탁에 마더는 한국의 이능력자들 정보를 줄줄 읊어나갔다.

[장도민. 830921—1009xxx. 김기혜. 871105—2471xxx. 이건. 890504—1222xxx. 유지광. 850129—1932xxx. 조하영. 900714—2442xxx. 견우리. 900213—2321xxx. 루채하. 810429—1000xxx. 이서진. 781222—1691xxx. 김재민. 923…….]

마더가 불러주는 정보를 그대로 받아 적던 전율이 끼어들었다.

'잠깐, 마더. 미성년자들은 빼.'

전율은 이 싸움에 부모의 그늘을 벗어나지 못한 미성년자들까지 끌고 길 생각이 없었다.

[알겠습니다. 미성년자들을 제외한 이능력자들의 정보를 알려 드리겠습니다. 장철수. 531010—1010xxx. 이상입니다.]

'더 없어?'

생각했던 것보다 너무 적은 이능력자들의 수에 전율이 의아해서 물었다.

마더는 즉각 대답했다.

[없습니다. 훗날 이능력자가 되는 미성년자의 수가 스물넷이 더 있으나 명령에 따라 제외시켰습니다. 아울러 데스페라도 소속의 이능력자들 또한 제외시켰습니다.]

데스페라도.

미래에 생겨나는 반(反)정부 반란군의 이름이다.

데스페라도의 일원들은 세계 평화를 위한다는 명목하에 사람들에게 마나 하트를 복용할 것을 강요하는 전부에 반기를 든 이들이었다.

정부의 '당신도 세계 평화를 앞당기는 영웅이 될 수 있다'는 말에 마나 하트를 먹은 이들 중 열에 아홉이 죽었고, 한 명만 이능력자가 되는 것이 미래였다.

때문에 나서서 마나 하트를 섭취하려는 이들은 거의 없었다.

그래서 정부는 전 세계적인 '히어로 캠페인'을 펼쳐 사람들의 영웅심과 희생정신을 건들면서 세뇌시키기 시작했다.

거기에 넘어간 이들은 스스로 정부와 접촉했다.

하지만 결과는 대부분이 죽어갈 뿐이었다.

정부는 한 달에 한 번, 희생된 지원자들의 넋을 달래는 행사를 펼쳤다.

그러나 이능력자가 탄생할 때는 매번 그보다 더 화려한 행사를 올렸다.

게다가 이능력자들은 인생 자체가 달라졌다.

정부 소속 요원이 됨으로써 의식주에 필요한 모든 것을 지급받았고, 다달이 국가 연금이 나왔으며 일반인은 꿈꿀 수 없는 복지 혜택이 주어졌다. 말 그대로 화려한 생활을 할 수 있었던 것이다.

사람들은 생각했다.

히어로 캠페인에 지원했다가 죽어도 나라를 위한 영웅이 되는 것이고, 살아남으면 엄청난 환대와 대접을 받으며 살 수 있다!

이대로라면 어차피 외계 종족의 침략을 받아 죽어나갈 게 뻔하다. 이리 죽으나 저리 죽으나 죽는 거라면 비참함보다는 화려함을 택하겠다.

그러한 인식이 사람들의 발걸음을 정부로 몰리도록 했다.

데스페라도는 그것이 정부가 사람들을 현혹시켜 희생을 강요토록 만드는 것이라 생각했다.

그래서 봉기했다.

정부는 데스페라도를 반정부 집단에 반란군이며, 범죄자들 집단으로 규정하고 전쟁을 선포했다.

하지만 데스페라도의 덩치는 갈수록 거대해졌고, 나중에는 정부도 함부로 건들 수 없는 집단이 되었다.

정부와 데스페라도는 늘 티격태격하면서도 외계 종족이 침략했을 때는 힘을 합쳐 싸웠었다.

아무튼 데스페라도란 그런 집단이다.

마더는 정부에서 만든 컴퓨터다.

때문에 데스페라도가 범죄자 집단이라는 인식이 강했고, 전율에게 이야기하지 않은 것이다.

'마더. 데스페라도 소속의 이능력자들 신상 명세도 얘기해.'

[알겠습니다. 데스페라도 소속 이능력자 중, 정부에 붙잡힌 이들의 신상 명세만 열람 가능합니다. 나머지 사람들은 정체가 베일에 싸여 있어 파악 불가합니다.]

'괜찮아. 말해봐.'

[정부에 체포된 데스페라도 대원 중 한국 국적을 가진 이들은 총 두 명. 설열음. 850918—2441xxx. 진태군. 790627—1212xxx. 아울러 데스페라도의 1대 리더, 파안(破顔)의 마녀 록시로 의심되는 김지우. 주민번호는 알 수 없습니다. 이상입니다.]

지우.

그러고 보니 마더는 지우의 웃는 입을 보고 록시의 입과 93%나 일치한다 말했었다.

하지만 입 모양이 똑같은 사람이야 세상에 널리고 널렸으니, 지우가 록시일 가능성은 희박했다.

록시는 입을 제외한 나머지 부분을 전부 가면으로 감추고 다녔기에, 어찌 생겼는지 알 수가 없었다.

전율은 피식 웃고서 지우의 이름은 적지 않았다.

'고마워.'

전율이 총 열한 명의 이름과 주민번호가 적힌 종이를 용식에게 건넸다.

용식은 종이에 적힌 내용을 슥 훑어보고서 물었다.

"그런데 이 인간들은 왜 찾냐? 뭐 너한테 큰 잘못이라도 한 놈들이야? 우리가 본때를 보여줄까? 응?"

"아니요, 그런 거 아니에요. 그냥 어디 사는지만 찾아서 알려주시면 돼요."

"그래?"

용식은 대화를 나누는 와중, 속으로 계속해서 쾌재를 불렀다.

3억이나 준다기에 또 찾아야 하는 사람이 수십 명은 되는 줄 알았다.

그런데 고작 열한 명이다.

용식이 아는 흥신소에 전부 일을 맡겨도 2억 이상은 족히 남는다.

'2억이 뭐냐? 그 이상으로 남겨먹는다!'

분위기를 보아하니, 어디서 범죄 저지르고 숨어 사는 인간들도 아닌 듯했다.

이런 인간들 거주지 찾는 건 일도 아니다.

"부탁할게요. 반드시 아는 흥신소에 모두 부탁해야 합니다. 최대한 빨리 알아내야 해요."

"최대한 빨리? 얼마나?"

"맥시멈 이틀."

"이, 이틀?!"

"네. 힘듭니까?"

힘들긴 하다.

하지만 흥신소 몇 개 집단이 단체로 움직이면 불가능한 것도 아니다.

'이렇게 되면 동시에 일을 맡기기보다, 몇 명씩 나눠서 분담하게 하는 게 낫겠다. 내가 연 닿는 흥신소가 총 다섯이니까, 네 군데에다 나눠서 부탁하면 금방 찾아내겠지.'

생각을 정리한 용식이 주먹을 불끈 쥐어 보였다.

"아니, 가능하다. 무조건 가능해."

"일단 1억부터 입금해 드리고 남은 2억은 주소지 모두 받은 다음 드릴게요. 하지만 11명 모두 찾아내지 못하면 잔금 못

드립니다. 그래도 하시겠어요?"

"암! 내가 누구냐? 무조건 찾는다. 장담해!"

"좋습니다. 오늘 중으로 1억 넣어드릴 테니 당장 착수해 주세요."

"오냐! 그렇게 할게!"

볼일을 마친 전율이 사무실을 나섰다.

그런 전율의 뒤로 용식이 패거리들이 전보다 더욱 허리 숙여 큰 목소리로 인사했다.

"안녕히 가십시오, 형님!"

돈의 위력은 역시 대단했다.

*　　　　*　　　　*

집으로 돌아온 전율은 바로 마스터 콜에 접속했다.

그리고 12층으로 향했다.

오늘은 두 번째 마스터 콜이니 이제 접속할 수 있는 횟수가 세 번 더 남았다.

석실의 문이 열리고 모험가의 필드에서 서바이벌이 시작됐다.

같은 장소에 모인 이들 중 전율이 아는 얼굴은 한 명도 없었다.

하지만 전율을 알아보는 이들은 제법 있었다.

모두 전율에게 죽임을 당했던 모험가들이었다.

"젠장, 저 새끼는 또 왜 여기 온 거야!"

"그 실력이면 분명 통과했을 텐데, 다음 층으로 넘어가지… 치사하게."

"제 배만 빨리 불리겠다는 심보라 이거지?"

여기저기서 모험가들의 불만이 터져 나왔다.

그러나 전율은 조금도 신경 쓰지 않았다.

제각각 투덜거리면서 불평을 늘어놓던 이들은 어느새 제들끼리 손을 잡아 동맹을 맺었다.

본래대로라면 두셋씩 동맹을 맺는 것인 이 장소의 특징이었는데, 전율로 인해서 거대한 동맹 집단이 생겨났다.

한데, 그들과 달리 전율에게 다가오는 모험가가 한 명 있었다.

그 역시 전율에게 한 번 죽임을 당했던 이였다.

"저기… 실례가 안 된다면 동맹을 맺어도 될까요?"

쭈뼛거리며 다가온 사내를 전율이 바라보았다.

황금빛 머리카락에 벽안, 제법 잘생긴 얼굴에 키는 175정도 되는 듯했고, 몸에 착용한 스케일 아머 밖으로 드러난 팔다리엔 적당히 근육이 잡혀 있었다. 허리에는 검 한 자루를 찼는데 검집부터 손잡이까지 죄다 보랏빛이었다.

전율이 그를 빤히 보고 있자 사내가 아차! 하는 표정을 지었다.

"제, 제 이름은 아델. 아델 로하튼이라고 해요. 실례가 안 된다면 동맹을 맺고 싶습니다!"

아델이 간절함이 담긴 눈을 똘망똘망하게 뜨고서 말했다.

전율이 그런 아델에게 고개를 끄덕였다.

"좋을 대로. 하지만 지켜주진 않으니 알아서 잘 붙어 다녀."

아델의 얼굴이 확 밝아졌다.

그가 전율에게 연신 허리를 숙이며 감사를 표했다.

"감사합니다! 정말 감사합니다!"

그때였다.

쐐애애액!

아델의 옆구리로 화살 한 대가 날아들었다.

탁!

전율이 그것을 잡아채, 날아온 방향으로 다시 던졌다.

쐐앵애애액! 퍽!

"끄억!"

화살은 화살을 쏘아붙인 모험가의 이마를 뚫고 나갔다.

모험가가 게거품을 물고 쓰러져 죽었다.

스르륵.

모험가의 시체에서 나온 마나 하트의 조각이 전율의 몸에 스며들었다.

"아……."

아델이 멍한 얼굴로 모험가의 시체가 사라진 장소를 바라보았다.

"지켜주지 않는다고 했다. 정신 똑바로 차려라."

"네, 네!"

그때 거대한 동맹을 맺은 모험가들이 일제히 전율에게 공격을 퍼부었다.

"소환, 육미호, 디오란."

전율이 부름에 두 소환수가 나타났다.

디오란이 전류의 장막을 쳐 전율의 주변으로 날아드는 공격을 모두 막아내며 위스프들을 배출했다.

장막 밖으로 나간 위스프가 모험가들을 공격하기 시작했다.

육미호도 위스프들을 따라 달려 나갔다.

디오란은 육미호가 나갈 수 있게 장막의 일부분을 잠시 열었다가 닫았다.

"호호호호! 이 순간을 얼마나 기다렸는지~! 이 생기 덩어리들! 누나가 다 빨아 먹어줄게~!"

육미호의 날카로운 손톱이 착! 길어졌다.

쇠도 두부처럼 썰어버리는 그녀의 손톱은 지척에 있던 모험가 둘의 목을 단숨에 베어 넘겼다.

"제대로 시작해 볼까? 술식 염화!"

육미호가 술식을 사용했다.

육미호의 술식은 그녀의 꼬리가 하나씩 늘어날 때마다 더 더욱 강해진다.

육미호의 입에서 거대한 불기둥이 쏟아져 나갔다.

본래 염화가 저 정도로 무지막지한 기술은 아니었다.

"크아악!"

"아악!"

염화의 불길에 세 명의 모험가가 까만 숯이 되었다.

그때 육미호의 뒤에 몰래 다가선 모험가 한 명이 독 묻은 단검을 목에다 박아 넣으려 했다.

하지만.

콰릉! 파지직!

"끄으으으으!"

위스프 다섯 마리가 동시에 사내에게 번개를 쏘아댔다.

사내는 들고 있던 검을 놓치고서 바닥에 허물어졌다.

육미호가 디오란을 바라보며 사이한 미소를 머금었다.

"고마워, 디오란. 그런데 말야, 이 언니도 그렇게 무르진 않 거든?"

육미호는 손톱에 묻은 피를 핥았다.

번개를 맞아 연기가 풀풀 나는 모험가의 복부엔 커다란 구멍 다섯 개가 뚫려 있었다.

그 이후로 일방적인 대학살이 시작되었다.

아델은 번개의 장막 안에서 바깥 상황이 어찌 돌아가는지도 모른 채 그저 멍하니 서 있었다.

전율도 무언가를 하진 않았다.

그저 번개의 장막을 뚫고 들어온 마나 하트의 조각들을 받아들일 뿐이었다.

"진짜 대단하시네요. 특히 이 소환수들… 그때 저도 번개에 맞아 죽었지만 아군이 되고 보니 엄청 든든하네요. 아, 근데 이름이……?"

"전율."

"전율 님이시군요! 다시 한 번 감사드립니다. 이번에는 전율 님 덕분에 무사히 클리어할 수 있을 것 같아요!"

"그런 인사는 클리어한 다음에 받도록 하지."

"아, 네!"

아델이 순진한 얼굴로 빙글 웃었다.

전율은 사실 아델의 존재 자체에 크게 관심이 없었다.

그의 머릿속엔 오로지 이 던전을 빨리 클리어한 뒤, 스토어에 가고 싶다는 생각만 가득했다.

그래서 공간이동 아이템을 산다면 중국에 가는 것뿐만 아니라 한국의 이능력자들을 찾아가는 것도 용이해질 것이기 때문이다.

마침 전류의 장막이 걷혔다.

드러난 필드에는 모험가들의 시체가 전부 사라지고 오로지 육미호만 오롯이 서 있을 뿐이었다.

위스프들은 줄줄이 사탕처럼 디오란에게 다가와 몸속으로 스며들었다.

"근처에 있던 모험가들을 모두 섬멸했어요. 다른 곳으로 이동하겠어요."

디오란이 말했고 전율은 고개를 끄덕였다.

육미호는 전율에게 다가와 팔짱을 끼더니 같이 보폭 맞춰 걸었다.

그녀가 뒤따라오는 아델을 힐끗거렸다.

"잘생겼네?"

"아, 아델이라고 합니다!"

"누가 통성명하재? 혹시 적적하지 않아? 한창 달아오를 나이인 것 같은데. 생각 있으면 필드 클리어하고 나랑… 음?"

아델에게 향해 있던 육미호의 시선이 그가 찬 검으로 향했다.

순간 그녀의 미간이 살짝 일그러졌다.

"왜 그러시죠?"

"아니, 아무것도 아니야."

육미호가 다시 앞을 바라봤다.

"아, 네. 하하."

아델이 순진무구하게 미소 지으며 머리를 긁적였다.

그의 한 손이 보랏빛 검 손잡이 위에 지그시 내려앉았다.

Chapter 41.
마검과 아티팩트

'이번 층에 모여든 모험가들의 수는 전부 72명.'

전율이 왼쪽 손 등에 떠오른 숫자를 바라보았다. 37이었다. 그것은 마나 하트의 개수다. 즉 37명이 죽어나갔다는 얘기다.

남은 건 전율과 아델을 제외하면 35. 다른 지역에서 제들끼리 싸우다 죽었을 모험가들까지 계산하면 서른 명 정도가 남았을 것이다.

'최대한 빨리 정리하고 퀘스트를 끝낸다.'

그런 생각을 하며 걷는 전율에게 육미호가 귓속말을 했다.

"우리 주인~ 조심해야 할 것 같은데?"

"조심하다니?"

육미호가 아델을 곁눈질했다.

"쟤가 차고 있는 검~ 심상찮은걸? 아군이라 믿고 방심했다가는 우리 주인 모가지 날아갈지도?"

"검이 왜?"

"우리 주인 눈에는 안 보일지 모르겠지만 내 눈에는 보이거든. 속 안에 가득 감춰놓은 음침한 기운이."

전율이 아델을 슬쩍 바라봤다.

그는 전율과 눈이 마주치는 것만으로 움찔 거리더니 바보같이 헤~ 하고 웃었다.

"저, 저는 잘 따라가고 있으니 신경 쓰지 않으셔도 돼요. 하, 하하."

"신경 쓰지 않는다. 아까도 말했듯이 지켜줄 생각은 없으니 알아서 잘 살아남아라. 내가 너와 동맹을 맺은 건, 널 공격하지 않겠다는 것, 그 이상의 의미는 없다."

"알아요. 그거면 충분합니다. 알아서 잘 살아남을게요. 하하."

몇 마디 말을 섞으며 전율은 아델을 자세히 살폈다.

뭔가 고약한 꿍꿍이를 감추고 있는 녀석들은 구린내가 나게 마련이다.

하지만 아델에게서는 나쁜 느낌을 받지 못했다.

전체적인 분위기도 그렇고 말투, 행동, 표정, 그 어느 것에도 악의를 느낄 수가 없었다.

'나쁜 녀석이 아니야.'

전율은 확신할 수 있었다.

물론 전율이 선천적으로 사람을 잘 판단하는 건 아니었다.

전 같았다면 이렇게까지 스스로의 판단을 믿진 않았을 것이다.

지금 같은 직관력이 생기게 된 건 신안 덕분이었다.

그것은 신수들을 보게 해주는 것뿐만 아니라 사람의 본질을 파악하는 눈도 갖게 해주었다.

아델은 전율에게 위해를 가하거나 배신을 할 인물이 아니었다. 그렇다고는 해도 육미호의 말을 듣고 나니 그의 검이 계속 신경 쓰였다.

'정면으로 부딪쳐 볼까?'

전율이 다시 앞을 바라보고 걸으며 말했다.

"그 검, 특이하군."

"네? 아… 이 검이요? 네, 특이해요. 상당히."

"스토어에서 산 건가?"

아델이 고개를 저었다.

"아니요, 탐욕의 목걸이에서 나온 거예요."

"그렇군."

전율은 탐욕의 목걸이를 부화시켜 마갑 데이드릭을 얻었다.

아델 역시 보랏빛 검을 탐욕의 목걸이로부터 얻게 된 것이다.

"검의 이름이 있나?"

"…이슈반."

대답하는 아델의 입가에 쓴웃음이 어렸다.

"그렇군. 나도 탐욕의 목걸이에서 제법 쓸 만한 걸 얻었지."

"아, 어떤 걸 얻으셨는지 여쭤도 될까요?"

"안 돼."

"…네."

"그 검에 특별한 능력 같은 거라도 있나?"

자기에게는 질문하지 말라면서 아델에게는 꾸준히 질문을 건네는 전율이었다.

하지만 아델은 거기에 대해 불평 한마디 없었다.

"특별… 하다고 할 수 있을는지 없을는지……."

아델이 말꼬리를 흐렸다. 그건 무언가를 숨기고 있다는 얘기였다.

"똑바로 얘기해."

"그러니까… 아, 사실 제가 이 검을 제대로 사용해 본 적이 없어서요."

"제대로 사용해 본 적이 없다니?"

"그게, 그렇게밖에 설명이 안 돼요. 아, 나중에 꼭 보여 드릴게요. 이 검… 전율 님이 보는 앞에서 뽑을게요."

"알았다."

전율은 그 이상 질문을 던지지 않았다.

전율과 아델, 육미호, 디오란은 전투가 벌어지는 다른 장소를 찾아 계속 빠르게 걸었다.

전율의 오감은 초인의 경지에 이르렀기에 1킬로 밖에서 들려오는 소리도 전부 포착할 수 있었다.

전율은 사방에서 바람이 실어오는 소리 중 타격음과 비명, 병장기 부딪히는 소리가 뒤섞인 곳을 향해 가는 중이었다.

과연 얼마 지나지 않아 혈전을 벌이고 있는 일단의 무리가 나타났다.

나머지 모험가들이었다.

전율이 눈으로 그 수를 빠르게 헤아려 보니 대략 스물다섯이 조금 넘었다.

그 짧은 시간 동안 제들끼리 싸우며 벌써 열이나 죽어나간 것이다.

전율의 주먹에 오러가 어렸다.

동시의 그의 신형이 빠르게 앞으로 쏘아져 나갔다.

파앙—!

전율이 사라진 자리에서 엄청난 진공파가 일었다.

"으앗!"

아델은 진공파에 밀려 중심을 잃고 비틀거렸다.

그가 넋 나간 얼굴로 전방을 살폈다.

퍽!

이미 모험가 한 명이 전율의 주먹에 머리가 터져 쓰러지는 중이었다.

그것은 시작에 불과했다.

퍼퍼퍼퍼퍽!

전율의 걸음이 닿는 곳마다 모험가의 시체가 한 구씩 생겨 났다.

"이런 게… 가능해?"

전율은 그야말로 질풍이었다.

모험가들은 전율의 털끝 하나 건드리지 못했다.

그들은 그저 전율에게 마나 하트의 조각을 안겨주기 위한 희생양이었다.

그 와중에 육미호와 디오란도 다른 모험가들을 죽여 나갔 다.

번쩍! 콰르르릉! 콰릉!

디오란은 위스프를 소환하지 않고 스스로 번개를 뿌려 모 험가를 상대했다.

혼자서도 충분히 정리가 가능한 판이라고 생각한 것이다.

"호호호호! 맛있어! 너무 맛있어서 흥분되잖아!"

육미호가 교태 섞인 음성을 흘리며 모험가들의 목을 분질 러뜨렸다.

그녀는 착실하게 시체가 된 이들의 생기를 흡수해 나갔다.

눈 한 번 깜빡하면 필드 위에 혼이 빠져나간 시체가 여러 구씩 늘어났다.

그들이 다른 모험가들을 정리하는 데 걸린 시간은 채 5분 이 되지 않았다.

퍽!

전율의 주먹질에 마지막 한 명의 모험가가 쓰러졌다.

이제 주변에 숨이 붙어 있는 모험가라고는 전율과 아델, 둘 밖에 남지 않았다.

"역시 그라면… 전율 님이라면… 가능할지도 몰라."

아델이 그런 전율을 보며 혼잣말을 흘렸다.

전율은 오러 피스트를 거두어들이고 잠시 기다렸다.

그러자 페이의 음성이 들려왔다.

[축하드립니다. 전율 님, 아델 로하튼 님, 젬마 시니어 님은 모험가의 던전에서 최후의 생존자 3인이 되었습니다. 퀘스트 를 종료합니다. 보너스 보상은 없습니다.]

"젬마 시니어? …그게 누구지?"

살아남은 건 둘인데 누군지 모를 모험가의 이름이 끼어 있었다.

아델이 의아해하고 있자니 저 멀리 뿌리박고 있는 거대한 나무 기둥 뒤에서 뱁새눈을 한 사내가 모습을 드러냈다.

"덕분에 통과했어. 고마워."

젬마가 간사한 웃음을 흘리며 전율에게 다가왔다.

"퀘스트 다 끝난 마당에 죽이려는 건 아니지?"

전율은 대꾸하지 않았다.

애초부터 젬마라는 인간에게 조금의 관심도 없었다.

사실 전율은 그가 숨어 있다는 걸 알았다.

하지만 모른 체했다.

그런 식으로라도 살아남고 싶다면 어디 좋을 대로 해보라는 마음에서였다.

지하 12층을 제 실력으로 통과할 자신이 없어 요행을 바라는 정도라면 지하 11층에서도 고전을 면치 못할 게 뻔했다.

마스터 콜은 요행으로 어떻게 할 수 있는 곳이 아니다.

그런 전율의 마음을 아는지 모르는지 젬마는 넉살 좋게 다가와 악수를 청했다.

"이미 페이에게 들었겠지만 젬마 시니어라고 해. 헤헤헤."

전율은 코앞에 서 있는 젬마를 싹 무시했다.

그 광경을 보고 있던 아델이 다 무안해지는 기분이었다.

하지만 젬마는 아무렇지도 않은지 내민 손을 거두고서는 계속 입을 털었다.

"11층이 어떤 곳일지 벌써부터 기대되는데? 안 그래? 헤헤헤."

"시끄럽다, 빨리 꺼져라."

"꺼지라고 하면 꺼져야지. 암, 덕분에 클리어했는데 말 잘 들어야지."

[스토어로 향하는 문이 나타났습니다. 안녕히 가십시오.]

마침 살아남은 모험가들 앞에 커다란 문이 나타나 활짝 열렸다.

젬마가 손을 휘휘 흔들며 문으로 향했다.

"그럼 나 먼저 가볼게들~"

역시나 전율은 깔끔하게 젬마를 무시했고, 아델은 어색하게 허리 숙여 인사를 건넸다.

그러고서는 전율에게 말을 걸었다.

"저… 전율 님."

전율이 차가운 시선을 아델에게 던졌다.

"왜 약속을 지키지 않지?"

"네?"

"전투가 벌어지는 동안 검을 한 번도 뽑지 않더군."

"아… 그, 그게 그럴 새가 없기도 했고… 사실 검은 필드를 클리어한 다음에 뽑으려고 했거든요."

막 문 안으로 한 발을 들여놓았던 젬마는 둘 사이에 오가는 대화가 흥미로워 다시 발을 뺐다.

그리고 귀를 쫑긋거리며 그들을 지켜봤다.

"왜 필드가 정리된 지금에서야 검을 뽑는다는 거지?"

"부탁하고 싶었으니까요. 전율 님에게."

"무엇을?"

"이슈반을 든 절… 죽여달라구요."

전율은 이델이 무슨 말을 하는 건지 이해할 수 없었다.

여태껏 퀘스트를 클리어하기 위해서 자신의 곁에 딱 붙어 있더니, 지금에 와서 죽여달라는 건 또 뭔가?

물론 이미 퀘스트는 클리어한 이후라서 죽는다고 해도 별문제는 생기지 않을 터였다.

한데 이 상황 자체가 의아했다.

"내가 알아들을 수 있도록 설명했으면 좋겠는데."

아델이 허리에 찬 이슈반의 손잡이를 꽉 그러쥐었다.

"이 검… 탐욕의 목걸이로 얻은 이 저주받은 검… 이 검 때문에 전 성장을 못 하고 있어요."

"여전히 알아듣기 힘들군."

"전… 사실 여기까지 올 실력이 못 돼요."

전율도 그건 이미 알고 있었다.

아델의 몸에서 풍기는 붉은빛은 다른 모험가들의 빛에 비해 현저히 미약했다.

"그런데 어떻게 여기까지 온 거지?"

아델의 시선이 이슈반에게 향했다.

"이 검 때문이에요. 제가 약해진 것도, 그런데도 여기까지 올 수 있었던 것도… 이슈반 때문이라구요."

"내가 시간이 그렇게 많은 사람이 아니야. 그러니 이제 좀 알아들을 수 있게 얘기하지? 마지막 부탁이다. 계속 헛소리 지껄이면 그냥 가겠다."

"그러니까… 제가 이슈반을 얻게 된 건 연계의 던전을 클리어한 이후였어요. 처음에는 그 생김생김도 범상찮고 느껴지는 기운도 강렬해 아주 좋은 검을 얻었다고 좋아했었죠. 하지만… 그게 아니었어요. 이슈반은 저와 주종의 계약을 맺는 그 이후부터 절 지배해 버렸어요."

"주종의 계약?"

"…네. 이슈반은 마검이에요. 그리고 나와 이슈반이 맺은 주종의 계약에서 종(從)은… 바로 저였죠."

"그 말은 이슈반이 네 주인이라는 건가?"

"네."

그것은 충격적인 이야기였다.

자신이 사용하는 마검을 지배하지는 못할망정, 그의 종이 되어버리다니?

전율로서는 이해할 수도, 인정할 수도 없는 말이었다.

"주종의 계약이 끝난 그 이후부터 이슈반은 제가 섭취하는 마나의 기운을 모두 자신이 흡수하기 시작했어요. 그 때문에 전 성장하지 못했고, 이슈반의 힘만 강해졌죠."

"그렇다면 넌 여태껏 이슈반의 힘에만 의지해서 여기까지 오게 된 건가?"

"네. 이슈반은 한번 뽑아서 휘두르면 무적이라고 해도 좋을 정도로 강한 힘을 발휘하게 해줘요. 그, 그러니까 제가 이슈반을 사용하는 게 아니라 이슈반이 제 몸을 이용해 적들을 상대하는 거죠. 이, 이해 가시나요?"

전율은 고개를 가볍게 끄덕였다.

"계속해 봐."

"네. 이슈반은… 내가 녀석을 뽑아 드는 즉시 제 정신을 지배해 버려요. 그리고 내 몸에 큰 힘을 흘려 넣어 육신을 강화시키고 주변의 적들을 도, 도륙해요. 사실 어떻게 도륙하는 건지도 모르겠어요. 제가 이슈반을 뽑아 들면 육신에 거대한 힘이 들어온다는 걸 느끼면서 정신을 잃어버리니까요."

전율이 흐음~ 하고 콧소리를 흘린 뒤 말했다.

"네 사정은 잘 알겠다. 그런데 왜 너를 죽여달라는 거지?"

"정확히는 이슈반을 든 저를 죽여다, 달라는 거예요. 그래야… 이슈반과 제 주종의 관계를 끊을 수 있거든요. 그래서… 부탁드립니다."

스르릉!

아델이 마검 이슈반을 꺼내 들었다.

자주색 검신이 짙은 피비린내와 함께 시린 빛을 내뿜었다.

아델의 눈이 붉게 물들고, 전신의 세포가 활성화되며 육신이 탄탄하게 변했다.

그의 얼굴에 혈관들이 투둑거리며 튀어나왔다.

아델은 맹수처럼 변해 버린 얼굴로 전율을 바라보며 간절히 부탁했다.

"절… 죽여주세요."

*   *   *

아델의 몸에서 흘러나오는 기운이 심상찮았다.

전율이 거두어들였던 오러를 다시 일으켜 두 주먹에 담았다.

"이, 이제 곧… 저, 저는… 제가… 아니게 될… 크으… 으아

아이아아아악!"

아델이 말을 하다 말고 짐승처럼 포효했다.

그의 몸에서 일렁이는 붉은빛이 전과 비교도 할 수 없을 만큼 강렬해졌다.

이를 지켜보고 있던 육미호가 물었다.

"도와줄까, 주인?"

전율이 고개를 저었다.

"아델이 내게 부탁한 일이야. 너희들은 끼어들지 마. 봉인, 육미호, 디오란."

"아얏! 그렇다고 다시 봉인시킬 것까진……!"

육미호와 디오란이 빛으로 화해 전율의 정신 속으로 갈무리되었다.

"그아아아아아아아아아!"

아델은 사람의 것이라고는 믿기 힘든 괴음을 토해냈다.

이슈반에게서는 검은 기운이 아지랑이처럼 피어올랐다.

"크흐흐… 멍청한 놈. 날 죽여달라고? 아무도 날 죽이진 못한다."

새빨간 눈을 희번덕거리며 아델이 말했다.

아니, 이미 그건 아델이 아니었다.

아델의 의식을 완전히 잠식해서 지배한 이슈반이었다.

"고약한 놈이군. 감히 사람을 제멋대로 부리려 하다니."

"약한 것들은 강한 자의 노예가 되는 법! 약육강식. 그것이 자연의 이치다."

"그래? 말 잘했다, 새끼야. 그럼 너도 내 앞에서 개처럼 당해 봐라."

"건방진!"

전율의 도발에 이슈반은 들끓는 화를 참지 않고 달려 나갔다.

그의 움직임은 한 줄기 바람에 비견할 만큼 빨랐다.

그러나 전율은 그보다 더 빨랐다.

캉!

전율의 주먹과 이슈반의 검날이 서로 부딪쳤다.

한데 이슈반은 전율과 힘겨루기를 하지 않고 그저 스쳐 지나갔다.

전율은 그가 무슨 꿍꿍이를 부리는 건가 싶어, 몸을 틀어 다음 공격에 대비했다.

그런데.

서걱!

"…그냥 나갈걸. 아프잖아."

멀리서 두 사람을 구경하고 있던 젬마의 허리가 잘렸다.

이슈반은 두 동강이 난 젬마를 내려다보다가.

퍼걱!

머리를 짓밟아 터뜨렸다.

"킥!"

이슈반이 사악한 웃음을 뱉었다.

"크흐흐흐흐! 쥐새끼마냥 숨어서 얹혀 간 놈에게 어울리는 최후지."

"야."

전율이 이슈반을 불렀다.

"엄한 데 화풀이하지 말고, 덤벼 새끼야."

"그 말… 후회하게 해주마!"

이슈반이 검은 연기를 잔상처럼 남기며 사라졌다.

그는 숨 한 번 들이켤 시간에 전율의 지척까지 다가왔다.

카앙!

다시 전율과 이슈반의 검이 부딪혔다.

카카카카카카캉!

이슈반은 쉼 없이 공격을 펼쳤다.

날카로운 보랏빛 검이 전율의 급소만 노리며 날아들었다.

전율은 이슈반의 맹공을 오러 피스트로 막거나 몸을 틀어 피했다.

"그 주먹은 방어용인가!"

이슈반이 전율을 조롱했다.

그의 말대로 전율은 방어만 했다. 이슈반은 일방적으로 공격을 퍼붓고 있었다.

누가 본다면 전율이 이슈반에게 밀리고 있다 생각했을 것이다.

하지만 전율은 호흡 하나가 흐트러지지 않은 상태였다.

그리고 아주 침착하게 이슈반의 공격에 대처하고 있었다.

전율은 지금 이슈반의 능력을 판단하는 중이었다.

'확실히 강하다.'

이슈반의 힘은 전율보다 살짝 못 미치는 정도였다. 때문에 정신만 집중해서 싸운다면 패배하는 일은 없을 것이다.

그러나 백 퍼센트 승리를 보장하는 싸움 또한 없다.

언제나 변수가 일어나는 것이 싸움이다.

더군다나 지금처럼 힘의 차이가 크지 않은 상황에서는 더더욱 많은 변수가 일어난다.

'확실히 눌러야 돼.'

이슈반의 힘은 지금껏 전율이 마스터 콜에서 만나왔던 모험가 중 가장 강력했다.

전율은 어떠한 반전도 벌어지지 않도록 그를 완벽히 제압하기로 마음먹었다.

"데이드릭!"

전율이 마갑 데이드릭의 이름을 외쳤다.

[너의 부름이 깊은 심연에 닿았다.]

데이드릭의 음침한 음성이 전율의 뇌리에 퍼져 나갔다.

이어, 검은 연기가 뿜어져 나와 그의 양팔에 휘감겼다.

그것은 곧 묵빛의 갑주가 되었다.

[육신의 모든 능력이 4배 증가합니다. 전율 님께서 받는 물리, 마법 대미지가 30% 감소합니다. 모든 속성의 내성이 40% 증가합니다. 마갑 데이드릭이 흡혈을 시작했습니다. 버틸 수 있는 시간은 최대 15분입니다.]

그동안 마나 하트를 섭취해 오러의 랭크를 올렸고 모험가들과 싸우며 육신이 절로 단련되었다.

그러다 보니 세3형태의 네이드릭을 입고서 버틸 수 있는 시간이 3분이나 늘어났다.

'뭐지?'

이슈반은 전율에게서 자신과 비슷한 종류의 기운을 느꼈다.

'저 갑주… 마갑인가?'

필시 그럴 것이다.

동질의 기운이 이슈반의 정신을 격하게 자극했다.

'죽인다!'

마음에 들지 않았다.

자신과 비슷한 형태의 자아가 존재한다는 것이 불쾌했다.

"그아아아아아아아!"

이슈반이 전보다 큰 힘을 실어 검을 내려쳤다.

보라색 검날은 서슬 퍼런 잔상을 흘리며 전율의 오른쪽 어깨를 향해 날아들었다.

전율이 왼쪽으로 몸을 굽히며 오러 피스트로 잽을 날렸다.

콰아앙!

"큭!"

가벼운 잽에 불과했다.

하지만 이슈반은 거대한 충격을 느꼈다.

온 힘을 다해 휘둘렀던 검이 그대로 튕겨 나갔다.

타닥!

이슈반은 넘어지지 않기 위해 급히 뒷걸음질을 쳤다.

하지만 전율은 이슈반이 한번 잃어버린 균형을 다시 찾을 여유를 주지 않았다.

전율이 몇 발자국 물러난 이슈반에게 훌쩍 다가섰다.

"오러 피스톨!"

동시에 오러 피스톨이 시전됐다.

앞으로 뻗어나간 그의 주먹에서 응축된 오러가 크게 폭발했다.

콰아아아아앙!

"크악!"

이슈반은 찰나의 순간 마기로 온몸을 감싸 보호막을 만들었다.

하지만 오러 피스톨의 위력은 그의 생각보다 더욱 엄청났다.

마기는 외상이 생기지 않도록 해줬을 뿐이었다.

충격파가 마기를 뚫고 몸속으로 스며들어 오장육부를 뒤흔들어 놓았다.

"쿨럭!"

이슈반의 입에서 검은 피가 토해졌다.

전율은 멈추지 않고 또 다른 기술을 시전했다.

"뇌신."

현재 전율이 가장 강력하게 구사할 수 있는 마법 뇌신이 발현되자 그의 온몸은 강력한 뇌전으로 휩싸였다.

거기서 끝이 아니었다.

"오러 버서커!"

전율은 열다섯 번의 연계기로 이루어진 오러 버서커를 발동시켰다.

콰앙!

파직! 치지직!

퍼엉!

"끄으으으으!"

전율의 주먹이 이슈반의 복부를 가격했다.

이슈반은 이를 피할 수가 없어서 양팔을 교차시켜 막았다.

하지만 아무 소용이 없었다.

주먹에 실린 무지막지한 힘이 팔은 막은 팔은 물론이고, 복부까지 충격을 안겨주었다.

뒤를 이어 초고압의 뇌전이 그의 몸을 태웠다.

마지막으로 응축되었다 터진 오러가 강력한 대미지를 입혔다.

절망적인 건 이런 공격이 아직 열 네 번이나 더 남았으며, 오러의 폭발은 점점 더 커진다는 사실이다.

콰앙!

"크허억!"

두 번째 공격이 이어졌다.

이슈반은 이번에도 삼중고를 그대로 겪어야 했다.

그가 몸을 피하거나 막을 새도 없이 세 번째 공격이 들어왔다.

전율이 허리를 뒤로 크게 틀었다가 이슈반의 옆구리를 향해 주먹을 휘둘렀다.

콰아앙! 파지직! 퍼어엉!

"크어! 흐어!"

이후로 총 열한 번의 연계기가 찰나의 시간 동안 이어졌다.

날아드는 주먹 한 번 한 번이 너무나 빨랐다.

이슈반은 일곱 번째 주먹에 충격을 받은 이후부터는 가드가 완전히 풀렸다.

그는 온몸으로 전율의 공격을 고스란히 받아냈다.

그의 몸이 터지고 깨지고 부러지고 검게 타버렸다.

그러다 마지막 열다섯 번째 공격을 받았을 때.

콰아아아아앙!

"……!"

이미 반쯤 의식을 잃은 이슈반은 비명도 제대로 지르지 못하고 뒤로 날아가 바닥에 처박혔다.

움찔. 움찔.

이슈반이 처참한 몰골로 몸을 떨었다.

전율이 그의 곁으로 다가가 발로 몸을 툭툭 건드리며 말했다.

"대단한 것처럼 말하더니 별것도 아니군. 고작 이 정도인가, 이슈반?"

"…크르르."

이슈반이 흡사 동물처럼 으르렁거렸다.

그 기이한 음성 속에 그의 분노가 가득 담겨 있음이 느껴졌다.

하지만 전율은 우스울 뿐이었다.

"그만 까불고 이제 잠들어라."

콰직!

전율이 이슈반의 머리를 밟아 터뜨렸다.

그가 젬마에게 했던 치욕을 그대로 되갚아준 것이다.

아델에게는 미안하지만, 어차피 퀘스트를 클리어한 상태고 다시 살아날 터였다.

게다가 자신을 죽여달라는 건 아델의 부탁이었다.

전율은 그 부탁을 들어주었다.

아델의 시체가 검은 연기로 변해 사라졌다. 한데 어찌 된 영문인지 이슈반은 사라지지 않고 검과 검집이 그대로 남아 있었다.

"뭐지?"

전율이 검을 가만히 바라보다가 천천히 손을 뻗었다.

그러자 그의 안에 있던 육미호가 버럭 소리쳤다.

[안 돼, 주인! 그거 만지지 마.]

"설마 내가 저 녀석에게 지배라도 당할 것 같아서 그래?"

[혹시 모르는 거잖아. 그리고 나 더 이상 주인 안에 다른 게 들어오는 거 싫단 말이지. 지금도 덜떨어진 꿩대가리랑 덩치 큰 정령이랑 음침한 갑옷 자식이 함께하는 거 짜증 나 죽 겠다고.]

[끼루루루! 더, 덜떨어진 꿩대가리라니, 너무해요!]

[닥쳐. 오뉴월에 잡아먹히기 싫으면.]

[끼루루루루!]

[제 몸은 전율 님의 의식 안에 있을 때 실체화되지 않아요. 그리고 전 누구와 달리 조용한 편이죠. 그래서 함께 지내는 데 공간적으로도 정신적으로도 불편함이 없을 것 같은데요.]

[바로 이런 거! 자기 혼자 고고한 척 유난 떠는 게 싫다고, 이년아. 꼴에 또 퀸이래요. 내가 살다 살다 너처럼 그냥 동그란 여왕은 처음 본다. 쓰리 싸이즈도 없는 게 여왕은 무슨 여왕이야.]

[그건 인간들의 기준이에요.]

[이, 시끄러.]

[날 비난하지 마라, 요망한 족속이여.]

[어이구 이건 또 누구야? 우리 주인 피만 쪽쪽 빨아먹는 흡혈귀 아니세요? 감히 누구한테 요망하대? 우리 주인 피 없으면 아무것도 못 하는 기생충 새끼가.]

참 대단도 했다.

육미호는 세 명을 상대로 전혀 밀리지도 않고 입씨름을 해 댔다.

소환수와 데이드릭이 제들끼리 지지고 볶는 사이 전율은 이슈반을 집어 들었다.

[어! 하아~ 우리 주인 정말 말 안 듣네. 아무래도 밤에 벌을 줘야겠어. 물론 내 몸… 어?]

장난스레 말을 하려던 육미호가 입을 다물었다.

[끼루루루! 이, 이상한 의지가 들어오고 있어요!]

초백한이 호들갑을 떨었다.

전율 역시 느끼고 있었다.

이슈반을 쥐는 순간 사이한 의지가 전율의 안으로 들어와 그의 정신을 지배하려 들었다.

'어딜 감히.'

전율이 스피릿을 일으켜 그 의지를 집어삼키려 하던 그때였다.

[멈춰라.]

데이드릭의 의지가 급격히 강렬해지며, 이슈반의 의지를 틀어막았다.

[날 막지 마라!]

이슈반이 분노해 고함쳤다.

하지만 데이드릭은 코웃음을 치며 말했다.

[저급한 자아가 감히 내게 명령을 해? 이대로 소멸당하고 싶은가?]

데이드릭이 이슈반의 의지를 크게 압박하며 내리눌렀다.

이슈반은 그런 데이드릭에게 반항하려 했지만 속절없이 휘둘릴 뿐이었다.

이대로 가다가는 데이드릭의 말대로 의지가 소멸될 판이었
다.

그제서야 겁을 집어먹은 이슈반이 데이드릭에게 물었다.

[너, 너는 누구냐!]

[하긴. 너처럼 인간의 의지를 지배하지 않고서는 자생할 수
없는 하급 자아는 내 이름조차 들어본 적이 없겠지. 전율이
날 소환할 때 말했을 텐데, 데이드릭이라고. 자아가 담긴 모든
아티팩트의 시초이자 너희들의 아버지다.]

[무슨 헛소리를!]

[오래전, 날 만들어놓고도 너무나 강력하여 길들일 수 없던
마법사들은 내 의지를 수천의 조각으로 나누어 여러 가지 아
티팩트의 형태로 다시 만들었지. 너도 그중에 하나다.]

[뭣이……?!]

[그러니 닥치고 복종해라, 이슈반.]

[크윽!]

이슈반은 데이드릭에게 맞서려 했지만 역부족이었다.

데이드릭의 힘은 이슈반이 감히 대적할 수 있는 수준이 아
니었다.

이슈반의 자아 속으로 거친 기운이 파도처럼 밀려들어 왔다.

[묻겠다. 소멸당하고 싶으냐.]

[으으으! 저, 절대 복종 같은 건 하지 않겠다!]

데이드릭이 조소를 흘렸다.

[그렇다면 내가 내릴 수 있는 선택도 하나밖에 없겠지. 심연 속 깊은 곳에서 영원히 잠들어라.]

그는 망설임 없이 이슈반의 자아를 파괴시켰다.

[으아아아아아!]

이슈반은 자신의 모든 것이 산산조각 나 부서지는 고통 속에서 비명을 질렀다.

전율의 머리가 깨지도록 크게 울려 퍼지던 비명은 얼마 안 가 메아리치며 사라졌다.

그런데 거기서 예상치 못했던 일이 벌어졌다.

깨져 버린 이슈반의 자아가 완전히 다른 자아로 바뀌었다. 바로 본래 깨져 나갔던 데이드릭의 자아였다. 그것은 저절로 데이드릭의 안으로 스며들었다.

데이드릭은 방금 흡수한 자아로 인해 전보다 힘이 강해짐을 느꼈다.

그가 전율에게 말했다.

[이슈반의 자아를 흡수했다.]

"그래?"

[내 상태를 확인해 보도록.]

전율이 상태창을 열어, 맨 아래 항목을 살폈다.

〈전율 님의 능력치〉

.

.

.

[착용 중인 아이템]

―마갑 데이드릭〈귀속〉 : S급 아티팩트. 제3형태.
100,000링을 흡수하면 성장함

"흡수해야 하는 링의 액수가 줄어들었군."

본래 마갑 데이드릭은 25만 링을 흡수해야 다음 형태로 진
화할 수 있었다.

그런데 그중에서 무려 15만 링이나 줄어든 상태였다.

데이드릭은 이슈반을 하급 자아라며 무시했다. 한데 하급
자아 하나를 흡수하는 것으로 15만 링이 줄어들다니?

전율이 의아해하며 이제 자아가 사라져 평범한 검이 된 이
슈반을 바라보았다.

그러자 이슈반의 위로 창 하나가 떠올랐다.

[마검 이슈반(각성 전)―(A+등급) 마갑 데이드릭의 자아 중 가
장 큰 조각으로 만들어졌으며, 마타니어스 이슈반이 만든 마검이

다. 귀속 시 사용자가 마나를 주입함으로써 검의 능력치를 성장시킬 수 있으며, 성장도가 100%에 이르면 봉인되어 있는 궁극의 모습으로 각성한다. 그러나 사용자의 의지가 이슈반의 의지보다 약할 경우, 역으로 조종당하게 된다. 이슈반을 한번 귀속시키면 스스로의 의지로는 귀속 관계를 끊을 수 없다. 오로지 이슈반을 사용하는 상태에서 죽음을 맞아야 귀속 관계가 끊어진다. 아울러 이슈반은 귀속된 사용자에게 검법 '오르간'을 습득시킨다.]

놀랍게도 이슈반은 A+등급의 마검이었다.

게다가 데이드릭의 자아 중 가장 큰 조각으로 만들어졌다고 한다.

검법 오르간이 뭔지는 잘 모르겠으나, 그건 나중에 알아보기로 했다.

"이것 봐, 데이드릭."

─말해라.

"이슈반이 하급 자아라 그러지 않았나?"

─그랬다.

"네 자아 중 가장 큰 조각이 이슈반이었다는군. 그런데 하급 자아라……."

전율의 의문에 데이드릭은 대수롭지 않다는 듯 코웃음 쳤다.

─흥, 내게서 떨어져 나간 모든 자아들은 나보다 못하니 전

부 하급이다.

그런 의미였군.

전율이 미처 데이드릭의 오만함을 생각하지 못했었다.

'하급 자아치고 깎이는 링의 수치가 제법 크더라니.'

어찌 되었든 전율은 새로운 사실 하나를 더 알게 되었다.

데이드릭은 자신의 조각난 자아를 흡수하면 굳이 링을 투자하지 않아도 성장한다는 것이다.

물론 데이드릭의 자아가 깃든 아티팩트를 접하기란 쉬운 일이 아니다.

하지만 우연찮게 그런 아티팩트를 갖게 된다면 데이드릭에게 들어가는 링을 아낄 수 있을 터였다.

사실 이건 그냥 얻어걸리기를 바라는 수밖에 없다.

데이드릭 자신도 조각난 자아가 어떤 형태의 아티팩트로 만들어졌는지 모르기 때문이다.

아무튼 이제 이슈반의 못된 자아는 사라졌다. 데이드릭이 파괴했고, 다시 그의 일부분으로 흡수되었다.

그러니 이슈반은 마나를 먹으면 성장하는 아주 착한 A+등급의 마검이 된 것이다.

이런 탐나는 물건을 갖지 않는다면 세상 모든 일에 해탈한 인간이 틀림없다.

마검 이슈반의 설명 문구 아래로 새로운 창 하나가 떠올랐다.

―마검 이슈반을 귀속시키겠습니까?

[예/아니요]

고민할 것도 없었다.

전율은 '예'를 터치했다.

그러자 마검 이슈반에서 환한 빛이 일었다.

그 빛은 손잡이를 쥐고 있던 전율의 손을 타고 흘러들어

왔다.

마검 이슈반이 전율에게 귀속된 것이다.

전율의 상태창에 새로운 항목이 나타났다.

〈전율 님의 능력치〉

.

.

.

[착용 중인 아이템]

―마갑 데이드릭〈귀속〉 : S급 아티팩트. 제3형태.

100,000링을 흡수하면 성장함

―마검 이슈반〈귀속〉 : A+급 아티팩트. 각성 전. 42%

성장

그때였다.

상태창 옆으로 다시 새로운 창이 나타났다.

—데이드릭의 자아로 만들어진 아이템을 두 개 이상 장착하셨습니다. 세트 아이템 효과가 발동합니다. 발동 효과는 아래와 같습니다.

[데이드릭 세트]
두 개 장착 : 힘 10% 강화
세 개 장착 : 힘, 민첩성 15% 강화
네 개 장착 : 힘, 민첩성, 마력 17% 강화
다섯 개 장착 : 힘, 민첩성, 마력, 방어력 20% 강화
여섯 개 장착 : 착용자의 모든 능력 및 물리적, 마법적 타격에 의한 내성 30%강화

"세트 아이템 효과라."

전율이 중얼거리자 마더가 상태창에 있던 항목 중 하나를 더 추가했다.

[착용 중인 아이템]

―마갑 데이드릭〈귀속〉 : S급 아티팩트. 제3형태. 100,000링을 흡수하면 성장함

―마검 이슈반〈귀속〉 : A+급 아티팩트. 각성 전. 42% 성장

*데이드릭 세트 효과 발동. 힘 10% 강화.

참 영리한 인공지능이었다.

"이런 것까지 만들어놓다니 진짜 알면 알수록 재미있군"

전율은 생각지도 못했던 데이드릭 세트의 버프를 받았다.

기분이 제법 괜찮았다.

이게 다 아델을 모른 체하지 않고 도와준 덕분이다.

착한 일을 하면 복을 받는다는 게 만고불변의 진리인가에 대해서 고찰을 할 수밖에 없는 대목이었다.

그때 페이의 음성이 들려왔다.

[일전에는 연애질이더니 이번엔 얼마나 오랫동안 문을 열고 기다릴 셈인지 인내심 시험하시는 건가요? 문 닫아버리기 전에 나가십시오.]

전율이 머리를 긁적이며 말했다.

"안 그래도 나가려 그랬어."

어째 페이에게는 늘 욕만 먹게 되는 전율이었다.

*   *   *

12층의 스토어에서는 여전히 유리아와 이제린, 지우가 전율
을 반겨주었다.

처음 12층을 클리어하고 스토어에 들어섰을 땐 적잖이 놀
랐으나 이제는 아무렇지도 않았다.

겉모습만 저럴 뿐 속 알맹이는 어차피 다 아이딜이었다.

"또 보네, 율이? 오늘은 뭐 사 갈 거야?"

지우가 다가와 물었다.

"율 님~ 이번에는 생황용품에서 하나 사 갈 서죠?"

유리아는 거리낌 없이 전율에게 팔짱을 꼈다. 그러자 이제
린이 전율의 한쪽 손을 살며시 잡았다.

"전투용품부터 보고 가세요."

전율은 세 여인을 다 뿌리쳤다.

"아이딜, 장난 그만해. 오늘은 사야 할 걸 정해놓고 왔으니까."

그러자 세 여인이 방긋 웃으며 고개를 끄덕였다.

전율은 생활용품 매장으로 가서 가지런하게 진열되어 있는
아이템들을 열심히 살폈다.

'공간이동… 공간이동… 공간이동……'

계속 속으로 읊조리다 보니 자기도 모르게 그 단어가 입 밖으로 튀어나왔다.

"공간이동……."

그걸 들은 유리아가 손뼉을 짝 쳤다.

"율 님! 공간이동 관련 아이템 찾으세요?"

"응."

"좋은 걸로?"

"가장 좋은 걸로. 이왕이면 거리의 제약이 없고, 가보지 않았던 장소도 갈 수 있는 아이템이 좋겠는데."

전율의 설명에 유리아가 눈을 반짝 빛냈다.

"그럼 이게 딱이죠~!"

그녀가 매대에 진열된 물건들 중, 하나를 집어 전율에게 건넸다.

전율이 그것을 넘겨받았다.

유리아가 준 건 둘둘 말린 양피지였다.

"이게 뭐지?"

"물어볼 필요 있나요? 직접 보면 되지."

유리아의 말이 끝나기가 무섭게 양피지 위로 설명문이 나타났다.

─텔레포트 마법 스크롤 [23만 7천 링] : 말린 스크롤을 펴 찢

으면, 텔레포트 마법을 익힐 수 있다.

"텔레포트 마법이 뭔지 정확히 설명해 줘, 아이릴."

"전율 님이 원하는 곳은 어디든 갈 수 있게 해주는 마법이에요. 전율 님이 원하시는 대로 안 가본 장소로도 공간이동을 할 수 있지만, 거리에 제한이 없진 않아요. 그러나 걱정 안하셔도 돼요. 제한 거리가 생각보다 길어서 지구에서는 어디든 갈 수 있을 테니까요."

"텔레포트의 시전 방법에 대해서는 익히고 나면 알 수 있겠지?"

"그럼요~ 사시겠어요?"

"사겠……."

전율은 말을 하다 말고 미간을 찌푸렸다.

그의 눈에 텔레포트 마법 스크롤의 가격이 크게 박혔다.

좀 전까지는 별생각 없이 지나쳤는데 자세히 보니 지금으로서는 절대 살 수 없는 액수였다.

"23만 7천 링?"

"조금 비싸죠? 그래도 값어치는 충분히 할 거예요."

값어치는 당연히 하겠지.

문제는 지금 전율의 수중에 남아 있는 링이 12만을 조금 웃돈다는 것이었다. 텔레포트 마법 스크롤의 가격에 무려 11만 링이 못 미쳤다.

아이딜이 굳어버린 전율의 얼굴을 보고서 생긋 웃었다.

"돈 모자라시죠?"

"응."

"그럼 어쩔 수 없이 벌어 오셔야겠네요."

"…제기랄."

전율이 당장 뒤돌아서 스토어를 나갔다.

*　　　*　　　*

전율은 마스터 콜을 종료한 뒤, 다시 접속했다.

오늘 세 번째 접속인 것이다.

이제 마스터 콜은 두 번 더 이용할 수 있었다.

마스터 콜에 들어선 전율은 13층 트롤의 필드로 향했다.

일전에 전율은 그곳에서 이제린, 루카인과 파티를 이뤄 퀘스트를 클리어한 뒤, 39만 링을 번 적이 있었다.

그는 이번에도 다른 모험가들과 파티를 맺어 퀘스트를 시작했다.

전율은 동료 모험가들이 손을 쓸 새도 없이 다가오는 트롤들을 족족 죽여 나갔다.

그러다 트롤들이 대거 몰려오기 시작하자 육미호와 디오란을 소환했다.

두 소환수는 전율과 환상의 호흡을 선보이며 트롤 무리를 빠르게 정리했다.

전율이 원톱으로 나서서 순식간에 트롤을 정리해 버리니, 다른 모험가들은 멍하니 서서 손가락만 빠는 신세가 되고 말았다.

그렇게 잔챙이들을 전부 없애고 나니 드디어 트롤킹 바루안이 모습을 드러냈다.

13층의 보스 몬스터였고, 전율이 꽤 고전해서 잡았던 놈이었다.

하지만 그건 옛일이다.

전율은 데이드릭을 착용한 뒤, 소환수들과 함께 트롤킹 바루안을 홀로 상대해서 큰 무리 없이 잡아버렸다.

그것으로 퀘스트는 종료.

완전히 전율의 원맨쇼였다.

파티원들은 퀘스트를 클리어할 수 있어서 좋긴 했지만, 뭔가 떨떠름한 얼굴이었다.

아무튼 전율은 이번 필드에서 42만 링을 벌었다.

그는 스토어로 향하는 문이 열리자마자 다급히 안으로 들어섰다.

                    *   *   *

　결과적으로 얘기하자면 전율은 13층 스토어에서 아무런 수확도 없이 돌아 나와 다시 12층을 클리어한 뒤 스토어에 재방문해야 했다.

　13층 스토어에서는 텔레포트 마법 스크롤을 팔지 않았기 때문이다.

　전율은 네 번째 마스터 콜을 클리어한 이후 비로소 텔레포트 마법 스크롤을 손에 넣을 수 있었다.

　23만 7천 링을 지불하고서도 수중엔 30만 3천 링이 남았다.

　전율은 구입한 텔레포트 마법 스크롤을 스토어 안에서 바로 찢었다.

　화아아악—!

　찢어진 스크롤은 푸른 빛 무리로 변해 전율의 전신을 감싸 안았다.

　전율의 머릿속에 텔레포트 마법 공식이 저절로 각인되었다.

　마법을 시전하는 방법도 알게 되었다.

　시전하는 것 자체는 상당히 심플했다.

　'텔레포트'라고 시전어를 외치면 되는 것이다.

　하지만 시전하기 위한 준비 과정이 좀 필요했다.

　하나 그 준비 과정은 어려울 게 없었고, 충분히 실현 가능한 것들이었다.

겨우겨우 원하는 것을 손에 넣은 전율은 마스터 콜을 종료하고 현실로 귀환했다.

Chapter 42.
사방신 지킴이 환

　마스터 콜에서 눈을 뜬 전율은 인피니트 백을 들고 늘 수
련을 하는 인적 없는 산으로 향했다.

　그곳에서 인피니트 백에 담긴 마나 하트를 하나하나 꺼내
먹었다.

　12층을 두 번 돌았더니 마나 하트가 총 167개나 모였다.

　전율은 마나 하트로 섭취한 에너지를 전부 오러, 마나, 스피
릿에 고루 투자했다.

　그 결과.

[오러의 랭크가 6이 되었습니다. 오러의 힘으로 사용 가능한 모든 기술의 힘이 더 강력해졌습니다. 마나의 랭크가 6이 되었습니다. 마나의 힘으로 사용 가능한 스킬이 늘었습니다. 스피릿의 랭크가 6이 되었습니다. 스피릿의 힘으로 사용 가능한 스킬이 늘었습니다. 테이밍 가능한 생명체의 수가 늘어났습니다. 스피릿의 힘으로 사용 가능한 모든 기술의 힘이 더 강력해졌습니다.]

모든 힘의 랭크가 5에서 6으로 업그레이드되었다.

전율은 상태창을 열어 확인했다.

〈전율 님의 능력치〉

[오러]

랭크 : 6

성장도 : 2%

색 : 보라색

사용 가능 기술 : 오러 피스트(Aura Fist), 오러 애로우(Aura Arrow), 오러 피스톨(Aura Pistol), 오러 버서커(Aura Berserker), 오러 플라즈마(Aura Plasma)

[마나]

랭크 : 6

성장도 : 3%

사용 가능 기술 : 뇌섬(雷殲), 속박뢰(束縛雷), 뇌전(雷電)의 창(槍), 폭뢰(爆雷), 뇌신(雷神), 벽력멸(霹靂滅)

[스피릿]

랭크 : 6

성장도 : 2%

사용 가능 기술 : 위압(危壓), 호의(好意), 지배(支配), 최면(催眠), 신안(神眼)

테이밍 가능한 생명체의 수 : 3/11

테이밍된 생명체 : 초백한, 육미호, 디오란

[착용 중인 아이템]

—마갑 데이드릭〈귀속〉 : S급 아티팩트. 제3형태. 100,000링을 흡수하면 성장함

—마검 이슈반〈귀속〉 : A+급 아티팩트. 각성 전. 42% 성장

*데이드릭 세트 효과 발동. 힘 10% 강화.

오러는 랭크만 올랐을 뿐, 새로 추가된 기술은 없었다.

전율은 이제 전생에서 가장 강력한 오러의 힘을 구사하던 댄젤 존스의 역량을 넘어섰다.

댄젤 존스는 오러 플라즈마를 끝으로 더 위력적인 기술을 만들어내지 못했다.

현재 전율은 그런 댄젤 존스의 힘과 기술을 물려받았다.

때문에 오러의 랭크가 올라가도 새로운 기술이 나타나지 않는 것이다.

이제는 전율이 스스로 신기술을 만들어내야 할 때였다.

반면 마나는 랭크 업과 함께 새로운 기술 하나가 생겼다.

벽력멸!

바로 유지연의 최종 기술이었다.

말인즉, 이제 전율은 마력의 성취도 역시 유지연을 따라잡았다는 것과 같았다.

마지막으로 스피릿은 오러처럼 랭크만 올라가도 새로운 기술이 생기지 않았다.

대신 테이밍 가능한 생명체의 수가 둘이나 더 늘어났다.

오러는 댄젤 존스를 앞섰고, 마나는 유지연과 같은 수준에 올랐는데, 스피릿은 시저와 비교했을 때 어떤 위치에 있는 건지 알 수 없었다.

앞의 두 미라클 엠페러와 달리 시저는 테이밍과 관련된 것이외의 공격기를 시전하지 않았기 때문이다.

해서 시저를 넘어선 건지 아닌지 확인할 확실한 기준이 없었다.

'이렇든 저렇든 난 시저의 기술을 전승받았다. 한데 랭크 업에도 새로운 기술이 생기지 않는다는 건, 스피릿 역시 오러처럼 전생의 시저보다 높은 경지를 달성했다는 것 아닐까?'

전율의 생각을 마더가 정정했다.

[스피릿은 아직 시저를 능가하지 못했습니다.]

"음? 그런 정보도 메모리에 있나?"

[없습니다. 다만 전율 님의 육체와 동기화되면서 그 안에 전승된 세 가지 힘의 한계치를 저절로 알게 되었습니다. 여기서 말하는 한계치란 미라클 엠페러들이 올라선 최대의 수준을 얘기합니다. 그것과 비교해 봤을 때 전율 님의 생각대로 오러는 댄젤 존스를 능가했고, 마나는 유지연과 같은 레벨에 올랐습니다. 하나 스피릿은 아직 2랭크 정도를 더 업그레이드시켜야 전생의 시저와 같은 수준이 될 것입니다.]

"그렇군. 알았다."

마더의 이야기대로라면 결국 미라클 엠페러 중 각성한 능력을 가장 많이 발전시킨 건 시저라는 결론이 나왔다.

어찌 되었든 전율은 이제 시저를 제외하고 나머지 두 미라클 엠페러의 능력을 백 퍼센트, 그 이상으로 발휘할 수 있게 되었다.

전생의 기억을 뒤적여 보면 미라클 엠페러들은 그들이 스스로 극의에 올랐다고 말했던 수준에서 8차로 침공했던 외계 종족들을 비교적 쉽게 처리했었다.

물론 미라클 엠페러의 수는 셋이었고, 그들보다 훨씬 약한 이능력자들이 대부분이었기에 수적 열세로 전쟁이 수월하지는 않았다.

'역시 내게 지금 가장 필요한 건 동료를 만드는 것이다.'

텔레포트 마법도 얻었으니 어떻게든 이능력자가 될 사람들을 설득시키기만 하면 능력을 각성시키고 마스터 콜을 하루에 다섯 번씩 풀로 돌려 충분히 성장시킬 수 있었다.

하지만 그것도 용식이 얼른 그들의 주소지를 가져다줘야 가능한 일이었다.

때문에 지금은 당장 할 수 있는 것들부터 하는 게 맞았다.

"데이드릭."

전율은 데이드릭을 소환해 장착했다.

그리고 10만 링을 투자해 데이드릭을 업그레이드시켰다.

링을 흡수하자마자 양팔을 감싸고 있던 데이드릭에서 검은 연기가 흘러나오더니 가슴과 배, 목을 뒤덮었다.

검은 연기는 고형화되며 굳었고, 상반신을 완벽하게 뒤덮는 갑주의 형태로 변했다.

전율은 갑옷을 이리저리 살펴봤다.

역시나 데이드릭 특유의 심플하면서 고풍스러운 멋은 여전했다.

만족스러워하는 전율의 눈앞에 데이드릭의 새로운 정보가 떠올랐다.

[마갑 데이드릭(제4형태)─〈S등급〉 마력이 담긴 갑주. 착용자의 신체 능력을 다섯 배 이상 끌어 올려주며 물리, 마법 공격의 대미지를 35% 감소시키며 모든 속성의 내성이 45% 증가한다. 착용 시 착용자의 피를 지속적으로 흡수한다.]

착용자의 신체 능력이 네 배에서 다섯 배로, 물리, 마법 공격의 대미지 감소가 30%에서 35%로, 모든 속성의 내성이 40%에서 45%로 증가했다.

"끝내주는군."

이어 마더의 음성도 들려왔다.

[데이드릭의 능력이 업그레이드되어 흡혈의 강도가 강해집니다. 전율 님께서 버틸 수 있는 시간은 최대 12분입니다.]

본래는 15분까지 버틸 수 있었는데, 3분이 줄어들었다.
데이드릭은 업그레이드될 때마다 착용자의 능력을 비약적으로 발전시켜 준다. 한데 아직도 녀석은 최종 형태가 아니었다.
상태창에 떠 있는 데이드릭의 정보로 이를 알 수 있었다.

[착용 중인 아이템]
―마갑 데이드릭〈귀속〉 : S급 아티팩트. 제4형태. 400,000링을 흡수하면 성장함

아직 다음 형태로 업그레이드가 가능했다.
물론 들어가는 링은 어마어마했다.
지금 전율의 수중에 남은 링은 20만 3천 링이었다.
"13층을 한 번 더 돌면 충분히 업그레이드할 수 있겠어."
하지만 12층의 마나 하트들도 탐이 났다.
이제 오늘 이용할 수 있는 마스터 콜은 단 한 번만 남아 있는 상태였다.
잠시 고민하던 전율은 마스터 콜에 접속했고, 13층으로 향했다.

＊　　　＊　　　＊

전율은 이번에도 13층을 무리 없이 클리어했다.

당연한 얘기지만 전율과 팀을 이룬 모험가들은 손 하나 까 딱할 기회가 없었다.

모든 몬스터들을 혼자 독식한 뒤, 이전과 똑같은 42만 링을 벌었다.

13층의 스토어에서는 마나 하트의 큰 조각 열세 개를 샀다.

그동안 스토어에서 물건을 사지 않았더니 마나 하트의 큰 조각이 그만큼이나 쌓여 있던 것이다.

현실로 돌아온 전율은 마나 하트의 큰 조각을 오러에 전부 때려 부었다.

스피릿의 더 높은 경지가 궁금하긴 했으나 지금은 일단 전 투력을 높이는 게 중요했기 때문이다.

상태창을 보니, 오러의 성장도가 57%로 늘어나 있었다.

랭크 3에서는 하나만 삼켜도 20% 이상을 올려주었는데 지 금은 열세 개를 섭취해도 랭크 업이 불가능했다.

확실히 각 단계별 사이의 갭이 크긴 컸다.

그건 곧 랭크 업을 하게 되면 전 단계에 비해 비약적으로 강해진다는 말과 같았다.

전율은 데이드릭을 다시 장착했다.

그리고 40만 링을 투자해 또 한 번 업그레이드시켰다.

상체를 감싸고 있던 데이드릭은 검은 연기를 뿜어 영역을 확장해 나갔다.

한데 검은 연기는 기존의 데이드릭의 몸체에서 떨어져 나가 발목부터 시작해 종아리와 정강이, 무릎까지를 감싸더니 그대로 굳어버렸다.

갑옷의 정강이받이인 그리브(Greave)가 된 것이다.

"음? 이런 식으로 성장하는 건가?"

[더 열심히 날 성장시켜라. 최종 형태가 얼마 남지 않았다.]

데이드릭이 그답지 않게 상기된 음성으로 말했다.

전율은 데이드릭의 정보를 다시 확인했다.

[마갑 데이드릭(제5형태)―〈S등급〉 마력이 담긴 갑주. 착용자의 신체 능력을 다섯 배 이상 끌어 올려주며 물리, 마법 공격의 대미지를 40% 감소시키며 모든 속성의 내성이 50% 증가한다. 착용 시 착용자의 피를 지속적으로 흡수한다.]

아쉽게도 이번엔 물리, 마법 공격의 대미지 감소와 모든 속성의 내성 5%씩 올랐을 뿐, 신체 능력을 더 끌어 올려주지는 않았다.

[데이드릭의 능력이 업그레이드되어 흡혈의 강도가 강해집니다. 전율 님께서 버틸 수 있는 시간은 최대 8분입니다.]

착용 가능한 시간이 12분에서 또다시 4분 깎여 나갔다.

하지만 그건 크게 상관없었다.

데이드릭은 어차피 최후의 순간 한 방을 노리고서 입는 것이니 말이다.

게다가 전율의 수중엔 이제린이 준 피엘로니아 즙이 세 병이나 있었다.

한 병만 마셔도 즉시 부족한 혈액을 보충해 주니, 전율이 그것을 다 사용한다고 가정했을 경우, 데이드릭을 입고 버틸수 있는 시간은 24분이 된다.

"당장 해야 할 건 다 했어."

마스터 콜을 다섯 번 모두 접속했고, 거기서 얻은 마나 하트로 자신의 이능력을, 링으로 데이드릭을 업그레이드시켰다.

이제 용식이 정보를 가져오기 전까지 시간이 남는다.

전율이 그다음으로 해야 할 일은 자명했다.

"지킴이 환을 잡으러 간다."

[와우~! 드디어 그 꼬마 도깨비 잡으러 가는 거야?]

전율의 다짐에 육미호가 반색하며 물었다.

"응."

[진짜 오래간만에 얼굴 보겠네. 그런데 아쉽다. 나 지금 생기를 아주 많이 흡수해서 곧 꼬리 하나 더 생길 것 같거든? 그 도깨비 녀석 잡아먹으면 딱일 텐데. 사방신 찾아야 하니까 그럴 수도 없네? 아쉬운 대로 꿩대가리라도 잡아먹을까?]

[끼루루루! 이제 그런 협박에 겁먹지 않을 거예요!]

초백한이 어쩐 일로 당당하게 대들었다.

그에 육미호는 어쩐지 아무런 말도 없었다.

그러다 전율에게 갑자기 말했다.

[우리 주인. 저 새끼랑 나랑 소환 좀 시켜줘. 협박인지 아닌지 보여줄라니까.]

육미호의 음성이 엄청 진지했다.

평소의 장난기가 싹 빠져 있었다.

그에 초백한 바로 겁을 집어먹었다.

[끼, 끼루루! 죄, 죄송해요오오.]

[꺄하하하! 장난이야, 장난. 내가 너 잡아먹어서 뭐하겠니. 넌 우리 주인의 소중한 약통인데.]

한순간에 약통으로 전락해 버리는 초백한이었다.

[그래서 황산엔 언제 갈 거야?]

"지금."

전율은 텔레포트 마법을 시전하기 위해 다시 집으로 향했다.

                    *   *   *

　집에 돌아온 전율이 가장 먼저 한 건, 컴퓨터를 켜 인터넷
에 접속한 것이다.
　'가보지 않은 장소로 텔레포트하기 위해선 그 지역의 사진
을 보고 정확한 이미지를 떠올려야 해.'
　텔레포트의 기본은 가고자 하는 장소의 이미지를 최대한
똑같이 떠올리는 것이다.
　이미 한번 방문한 장소는 그 지역의 위치가 마법 속에 각인
된다.
　때문에 가고자 하는 곳을 떠올리면 정확하게 그곳을 찾아
내어 텔레포트할 수 있었다.
　하지만 가보지 않은 곳은 그게 불가능했다.
　그렇다고 방법이 없는 건 아니다.
　그곳의 특징이 최대한 잘 나타나 있는 사진을 보며 이미지
를 구체화시켜 기억하면 된다.
　물론 이렇게 해서 텔레포트를 시전할 경우 단 한 번에 원하
는 곳으로 이동하기란 어렵다.
　몇 번, 혹은 몇십 번의 시행착오를 거쳐야 비로소 이미지화
한 장소에 갈 수 있었다.

그 전까지는 비슷한 이미지를 가진, 다른 곳으로 가버리게 된다.

텔레포트의 작동 시스템이 그렇기 때문이다.

시전자의 머릿속에 떠올린 곳과 같은 지형을 스캔해서 그곳으로 보내 버리는 것이다.

물론 이미 가봤던 장소는 이런 수고 없이 단숨에 이동할 수 있었다.

전율이 한참 황산의 사진을 인터넷에서 찾고 있을 때 육미호가 물었다.

[뭐 하는 거야, 우리 주인?]

"황산의 이미지를 기억하는 중이야. 그래야 텔레포트를 시전할 수 있어."

[황산? 거기는 내가 안방 드나들 듯 꿰고 있는데 뭐하러?]

"그건 네가 알고 있는 것이지 내가 아는 게 아니니 필요가 없어."

[어차피 우리는 육체보다 더 찐~ 한 정신으로 연결된 사이인데 이렇게 하면 되잖아?]

순간 전율의 머릿속으로 육미호가 알고 있는 황산의 모든 지형이 사진처럼 박혀 들어왔다.

"…음?"

신기한 경험이었다.

육미호를 소환수로 부리면서도 이런 게 가능하다는 걸 여태껏 몰랐던 전율이었다.

"이거 아주 좋은데?"

전율이 감탄을 하니 마더가 입을 열었다.

[제 메모리엔 1990년부터 2020년까지의 전 세계 모든 지형이 저장되어 있습니다. 위성의 데이터베이스를 백업받은 것으로 전율 님의 정신에 그 장소를 체험한 기억의 형태로 동기화시킬 수 있습니다.]

"그래?"

생각지도 못했던 잭팟이 터졌다.

마더의 메모리에 있는 지형을 동기화하면 전 세계의 지도가 연도별로 전율의 머릿속에 들어오는 것이다.

게다가 그것이 그 장소를 체험한 기억의 형태로 저장된다.

즉 전율이 그 장소를 직접 갔다 온 것으로 인지한다는 말이다.

때문에 전율은 앞으로 어느 곳이든 가고 싶은 곳을 마음껏 떠올려서 텔레포트 마법을 시전할 수 있게 되었다.

"대단해, 마더. 큰 도움이 됐어."

[감사합니다.]

전율이 마더를 칭찬하자 육미호가 툴툴댔다.

[흥. 내가 아니었으면 저 멍청한 인공지능은 이런 생각도 못했을걸? 안 그래, 우리 주인?]

질투하는 육미호의 모습이 귀여웠다.

전율이 피식 웃으며 고개를 끄덕였다.

"그래, 육미호. 너도 고마워."

[어머. 나 칭찬받으니까 막 달아올라서 야한 얘기 하고 싶은데, 그러면 바로 무시할 거지?]

"이제 당장 황산에 갈 수 있어."

[아… 이미 무시당했어. 칫.]

전율이 컴퓨터를 끄고 인피니트 백을 멘 채 밖으로 나왔다.

그리고 편의점에 들르면서 용식에게 전화를 걸었다.

―어, 그래. 율아.

"형님. 제가 부탁한 일은 어떻게 돼가고 있습니까?"

―자식아, 맡긴 지 얼마나 됐다고 벌써부터 전화를 해?

"대답이나 하세요."

투덜거리던 용식은 전율이 세게 나오자 바로 꼬리를 내렸다.

―그, 그래. 대답부터 해야지. 뭐… 보니까 네가 찾는 게 우리 바닥에 몸 담갔던 질 나쁜 것들이 아니라 하나같이 민간

인이라서 어디 숨어 있는 것도 아니고 거주지가 확실해. 금방 찾을 것 같아. 빠르면 오늘 저녁에라도 주소 넘겨줄 수 있어. 그런데 확인은 해봐야 할 거 아니냐. 흥신소 애들한테 찾은 주소로 가서 본인들이 사는 게 확실한지 알아보라 그랬어. 그 작업도 논스톱으로 진행할 거니까, 늦어도 오늘 밤이면 다 확인될 거야.

예상했던 것보다 일이 빨리 진행되고 있었다.

"형님, 일단 주소지를 보내오면 저한테 모두 넘겨주세요."

—응? 애들이 확실히 확인하고 난 다음에 받지? 따로 나가 사는데 주소지만 등록되어 있는 거면 어쩌려고?

"주소지는 넘겨주시고 흥신소 사람들은 확인 작업 하도록 두세요."

그제야 용식이 알겠다는 듯 대답했다.

—아~ 너도 같이 확인해 보려고 그러는 거냐?

"네."

—근데 대체 그 사람들은 왜 찾는 거야? 뭐 큰일이라도 났어? 난 이해를 못 하겠네.

큰일이 났다.

그것도 스케일이 아주 어마어마하다.

지구가 외계 종족의 침략을 받게 될지도 모를 판이다.

"그것까진 몰라도 되구요. 그럼 오늘 밤까지 거주지 부탁드립니다."

―알았다. 아! 하율 씨는 잘 있……!

전율은 전화를 끊어버렸다.

"어디서 자꾸 누나를 눈독 들여?"

전율이 스마트폰 액정을 노려보며 혀를 찼다.

편의점에 들른 그는 삼각 김밥 다섯 개와 2리터 물 두 병을 사서 인피니트 백에 넣었다.

황산에서 오래 헤매고 있을 시간은 없었다.

길어도 단 하루.

그 안에 지킴이 환을 잡아 올 셈이었다.

그래야 다른 이능력자들을 만날 시간이 생긴다.

편의점에서 나와 인적이 드문 골목길로 들어선 전율이 주변을 살폈다.

지나가는 사람은 아무도 없었다.

청력을 높여 주변의 소리를 감지했다.

전율이 있는 골목 쪽으로 다가오는 발소리는 없었다.

비로소 전율은 눈을 감고 텔레포트를 시전했다.

장소는 당연히 중국의 황산이었다.

"텔레포트."

마더와 육미호가 준 기억 속 황산에서 사람의 발길이 닿지 않는 곳을 목표지로 잡았다.

텔레포트 마법이 시전되며 마나가 크게 요동쳤다.

그러더니 20분의 1가량 되는 마나가 단숨에 흘러나갔다.

'마나가 제법 소모되는군.'

현재 전율의 마나는 6랭크로 축적된 마나의 양이 5랭크와 비교해서 두 배 이상 늘어난 상황이었다.

그러니 텔레포트 한 번에 많은 마나를 소모한 것이 맞았다.

한데 그럴 만도 했다.

원하는 공간으로 어디든 갈 수 있게 해주는 마법이니만큼 적은 마나가 소모된다면 그게 더 이상할 터였다.

전율의 몸이 환한 빛에 휩싸였다.

그리고 명멸하는 빛과 함께 그의 모습도 사라졌다.

*   *   *

황산은 예로부터 중국의 가장 아름다운 산으로 알려진 명산이며, 1천 년이 넘도록 이어져 온 관광 명소이기도 하다.

안휘성(安徽省) 남동부에 있는 황산엔 오늘도 많은 관광객들이 걸음을 하고 있었다.

그 황산의 인적 없는 거친 협곡에 한 덩이 빛 무리가 일었다 사라지고, 사람 한 명이 떡하니 나타났다.

바로 전율이었다.

"으윽."

전율은 속이 다 뒤집어지는 울렁거림에 미간을 찌푸렸다.

공간이동이 이루어진 시간은 찰나였다. 한데 그동안 전율은 수천 미터 상공에서 지상으로 하강하는 지옥철을 탄 듯했다.

그나마 심신이 많이 강해진 상황이라 버티는 거지, 일반인이 텔레포트를 시전했다면 그대로 누워 몇 시간을 앓아야 할 만큼 아찔한 마법이었다.

하긴, 그 먼 거리를 단숨에 이동하는데 이 정도의 부작용은 있을 법했다.

"후우."

길게 숨을 내쉬며 속을 진정시킨 전율이 육미호를 소환시켰다.

"소환, 육미호."

전율의 머리에서 흘러나온 빛이 육미호의 모습으로 변했다.

그녀가 기지개를 쫙 켰다.

"아우웅~ 공기 좋다! 이게 얼마 만이야? 후우웁~! 하아. 반갑네."

"그만하고 환부터 찾아."

한껏 여유를 즐기는 육미호를 전율이 닦달했다.

육미호가 입을 비죽이더니 전율의 가슴께를 검지로 쿡쿡 눌렀다.

"침대 위에서만 딱딱해지라니까. 그나저나 여기가… 어디래?"

육미호는 주변 지형을 둘러보더니 고개를 끄덕였다.

"오~ 마더보다 내 기억에 의존해서 왔나 보네? 여긴 내가 도깨비 놈이랑 헤어졌던 장손데."

전율이 고개를 끄덕였다.

"맞아. 그런데 지킴이 환이 아직 여기에 있는 거 맞아?"

"응. 걔는 어디 가지 않아. 사방신은 다 환을 통해서 서로 연락하는데, 환이 다른 곳으로 말도 없이 사라져 봐. 서로 연락할 방도가 없을걸?"

무슨 신(神)이라는 이름까지 붙은 것들이 서로 연락하기 위한 텔레파시 같은 기능도 없는 건지 조금 한심하게 느껴지는 전율이었다.

그런 전율의 내심을 눈치챈 육미호가 설명을 덧붙였다.

"사방신은 어지간해서는 속세에 모습을 드러내지 않는다고~ 하도 강력한 힘을 가진 신들인지라 스스로 몸을 사리는 거지. 서로 연락이 되지 않는 건, 그럴 리 없겠지만 사방신 중 누군가 악한 마음을 먹고 다른 신들을 현혹시키면 세상에 큰 재앙이 일어나기 때문이야. 그걸 방지하기 위해 사방신은 다른 신들에게 연락을 할 수 없는 형태로 태어난 거라구~ 알겠어, 우리 주인?"

육미호가 말을 하며 은근히 전율의 옆으로 다가와 딱 달라

붙었다.

하지만 전율은 그런 육미호에게 눈길도 주지 않고 명했다.

"알았으니 환부터 찾으라고. 벌써 세 번째 얘기했다."

"급하기는~ 호홋."

육미호는 고혹적인 눈웃음을 흘렸다.

그러자 그녀의 몸에서 검은 요기가 확 하고 퍼져 나갔다.

육미호는 사방에 만연한 요기를 이리저리 훑어보며 혼잣말을 흘렸다.

"근처에서 이 도깨비 녀석의 악취가 느껴진단 말이야. 어디 숨었니~ 좋은 말로 할 때 나오렴~ 찾아서 나오면 가만 안 둔다~"

흑무(黑霧)처럼 바닥에 깔려 퍼져 나가는 요기가 더욱 진해졌다.

그저 제멋대로 흐늘거리는 듯 보이는 요기는 사실 일정한 규칙을 이루며 움직이고 있었다.

사위를 감시하는 육미호의 눈초리가 가늘어졌다.

그러다 어느 순간.

꿈틀!

요기의 한 부분이 규칙을 깨뜨렸다.

육미호의 신형이 그곳을 향해 바람처럼 움직였다. 그리고는 요기 말고 아무것도 없는 허공에다 손을 휘둘렀다.

덥석!

"윽!"

"잡았다, 이 망할 도깨비."

육미호의 말이 끝나는 순간 그녀의 손에 뿔이 잡혀 바둥거리는 작은 도깨비 한 마리가 모습을 드러냈다.

"이, 이거 놓고 말씀하시죠! 헤헤헤헤헤!"

전율이 도깨비를 유심히 살폈다.

키는 140센티미터가 겨우 넘었고, 몸에 비해 머리가 커 완벽한 사등신을 자랑했으며 팔다리가 짧은 게 난쟁이를 연상시켰다.

피부는 초록색에다 정수리엔 검은색 뿔이 돋아나 있었으며, 한 손엔 별 볼 일 없어 뵈는 나무 막대기를 들었다.

그 녀석이 사방신 지킴이 환이었다.

"오랜만이다, 환?"

"네네, 오랜만입죠. 그렇믄요. 이, 일단 놓고 좀 얘기를 나누면 안 될까요? 헤헤헤!"

"놓으면 당장 도망갈 거잖아, 우리 도깨비 새끼?"

육미호가 어림도 없다는 듯 서늘한 미소를 머금었다.

"어, 역시 그렇겠죠? 헤헤헤헤헤!"

전율이 속도 없이 웃고 있는 환에게 다가갔다.

그러자 환이 전율을 가만히 보다가 버럭 소리쳤다.

"앗! 삼미호님! 인간이에요! 어서 잡아서 간을 빼 먹으세요!"

육미호가 환의 이마에 딱밤을 먹였다.

딱!

"으악!"

"내 꼬리 여섯 개인 거 안 보여? 이제 육미호거든? 아, 당장 너부터 잡아먹으면 꼬리 일곱 개 되겠다. 어떻게 생각해?"

환이 전율을 가리켰다.

"저 인간을 잡아먹는 게 좋겠다고 생각하는뎁쇼! 헤헤헤헤 헤!"

딱!

"악!"

"아까 내가 저 인간⋯ 아니, 우리 주인 몸속에서 나오는 거 못 봤니?"

"네? 주, 주인이라구요?"

"그래. 주인~ 몸도 마음도 전부 다~ 난 우리 주인 거란다?"

환의 놀란 시선이 전율에게 꽂혔다.

잠시 동안 전율을 관찰하던 환은 몸을 움찔 떨었다.

"저, 정말 인간이 맞아요?"

"왜? 인간 같지 않아?"

"어, 어떻게 인간이 저런 기운을 품고 있대요?"

육미호가 고개를 절레절레 저었다.

"그래서 네가 덜떨어졌다는 거야. 그걸 그렇게 오래 봐야 감이 오니? 한 번에 딱 파악 못 해?"

"아시다시피 제가 좀 둔해서… 헤헤헤! 그런데… 무슨 일로 절 찾아오셨는지?"

그 물음에 대한 대답은 전율이 했다.

"사방신이 숨어 있는 곳을 말해라."

지킴이 환이 놀라 동그랗게 뜬 눈으로 전율을 바라봤다.

그가 입을 꾹 다문채 눈만 꿈뻑꿈뻑거리다 심하게 도리질 쳤다.

"말 못 하겠다고?"

육미호가 뿔을 잡고 있던 손을 마구 휘저었다.

환이 이리저리 휘둘리면서도 끝까지 입을 열지 않았다.

"그래, 네가 쉽게 대답할 리 없지. 다 예상했던 범위 안이었어."

환은 단호한 표정을 짓고 고개를 끄덕였다.

"쓸모없어졌으니 그냥 잡아먹어야겠다."

환의 얼굴에서 단호함이 언제 자리했냐는 듯 바람처럼 사라졌다. 그가 양손을 빠르게 휘저으며 소리쳤다.

"자, 잠깐만요! 잡아먹겠다굽쇼?! 그랬다간 사방신의 분노를 사게 될 텐데요? 그래도 괜찮겠어요?"

"응, 괜찮아."

"거짓말!"

"너 진짜 둔하다. 우리 주인이 보통 인간과 다르다며? 엄청난 기운이 느껴진다며? 그걸로 그냥 끝이야? 자세히 느껴봐, 이 멍청한 도깨비 자식아. 우리 주인이 사방신보다 약한 거 같아?"

육미호가 말을 하며 전율에게 한쪽 눈을 찡긋거렸다.

그게 무슨 의미인지 전율은 대번에 알아챘다.

육미호는 환을 심리적으로 압박해 나가고 있었다.

전율의 스피릿은 상대방의 심리가 불안정할 때 더욱 강하게 먹힌다.

전율이 위압의 기운을 전개해 환에게 집중시켰다.

위압은 현재 랭크 6에 올리섰다. 그것을 처음부터 가장 강력한 강도로 내보냈다.

위압에 지배당한 환은 놀란 듯 몸을 움찔 떨더니 이내 석상처럼 굳었다.

1차로 자신을 찾아낸 것에 흔들리고, 2차로 육미호에게 붙잡힌 것도 흔들렸다. 3차로 전율이 보통 인간과 다름을 알고 흔들리고 나니, 4차로 이어진 육미호와의 심리 게임에서 싸워 볼 생각도 못 하고 져 버렸다.

그런 상황에 압도적인 위압감이 환을 내리눌렀다.

애석하게도 평상심을 모두 잃은 도깨비 환은 위압에 맞설 수 없었다.

이미 방어벽이 허물어진 마음과 정신을 위압이 뒤흔들어 놓았다.

"으으……."

환의 입에서 죽을 것 같은 신음이 흘러나왔다.

육미호는 그런 환을 즐겁게 바라봤다.

"어때? 이제는 말할 생각이 들어?"

"주, 죽이지 마세요……."

환이 사정하기 시작했다.

그에게는 지금 전율이 사방신과 똑같은, 아니, 그보다 더 강한 존재로 느껴졌다.

감히 전율과 눈도 마주칠 수가 없어 시선을 바닥으로 내리깔았다.

육미호가 환의 뿔을 놓고 머리를 쓰다듬었다.

"안 죽여. 네가 대답만 잘하면, 바로 살려줄게."

"아니… 사방신님들을… 죽이지 말아주십죠……."

"뭐?"

환은 지금 전율이 사방신을 찾아내서 죽이려 하는 것이라 착각하고 있었다.

그에 전율이 말했다.

"죽이지 않는다."

"그럼 왜… 왜 찾으시는 건뎁쇼……?"

환이 한 마디 한 마디를 힘겹게 내뱉었다.

"내 것으로 만들기 위해서다."

"그, 그렇다면… 더, 더더욱 말할 수 없습죠!"

"난 사방신들을 이용해 나쁜 짓을 하려는 게 아니다. 세상을 위기에서 구하기 위해 그들을 가지려는 거야."

"믿을 수가 없… 으윽!"

환이 더 이상 말을 잇지 못하고 무릎 꿇었다.

지속적으로 이어지는 위압의 기운이 환을 혼절 직전까지 몰고 갔다.

"말 안 하면 이대로 죽는다."

환이 한계에 다다랐음을 느낀 전율이 위협했다.

하지만 환은 그런 위협에 넘어가지 않고 고개를 절레절레 저었다.

말은 하지 못했다.

살짝 벌어진 입에서는 침이 줄줄 흘러내렸다.

눈동자는 매초에 한 번씩 초점을 잃었다가 다시 찾길 반복했다.

전율은 그가 죽어도 사방신에 대한 것들을 말하지 않을 각오임을 알았다.

그래서 방법을 바꿨다.

전율은 위압의 기운을 호의로 치환했다.

환은 딱 졸도하기 직전 갑자기 사라진 위압에 정신을 차렸다. 이윽고 포근하면서 따스한 기운이 전신을 어루만지자 긴장이 한순간에 풀어졌다.

전율은 어느새 그의 코앞까지 다가와 있었다.

환은 식겁해서 뒤로 달아나려 했으나, 그럴 필요가 없음을 깨달았다.

그의 눈에 비친 전율의 모습은 자애롭고 따스하기 그지없었다.

이 사람 조금 전까지 자기가 보고 있던 그 사람이 맞나 싶었다.

전율이 호의를 아낌없이 퍼부으며 환에게 물었다.

"내가 악한 마음을 품을 사람처럼 보이는가?"

환은 저도 모르게 고개를 저었다.

"난 진실을 말하고 있다. 뜬구름 잡는 소리처럼 들릴지 모르겠지만, 세상은 위기에 처해 있다. 앞으로 11일. 그때까지 난 세상을 지키기 위한 최선을 다해야 하고, 그 때문에 꼭 사방신의 힘이 필요하다. 네가 도움을 준다면, 너 역시 세상을 멸망의 위기에서 구하는 데 큰 도움을 주는 거야."

전율이 손을 내밀었다.

"내 손을 잡아라."

환은 뭔가에 홀린 듯 그의 투박하고 거친 손을 마주 잡았다.

덩치에 비해 환의 손은 성인 남자의 것처럼 컸다.

전율은 환의 눈을 주시하다가 호의를 지배로 바꿨다.

"사방신 지킴이 환."

"…네."

"내 힘이 되어라."

순간, 환의 머릿속으로 거부할 수 없는 기운이 파도처럼 몰아쳤다.

최후의 최후까지도 환은 전율의 말을 따르면 안 된다는 의식을 놓치지 않고 있었다.

하지만 그것은 거친 파도에 의해 저 멀리 밀려나 버리고 말았다.

환의 입에서 억눌린 음성이 흘러나왔다.

"알겠습니다."

전율은 그 대답을 듣자마자 환의 정신과 그의 정신이 하나로 연결됨을 느꼈다.

[사방신 지킴이 환을 테이밍했습니다.]

마더가 전율에게 환을 소환수로 만들었음을 확신시켜 주었다.

그제야 전율이 지배의 기운을 거두어들였다.

비로소 자유로워진 환은 잠시 동안 가만히 서서 눈만 꿈뻑거리다가 고개를 모로 꺾었다.

"이상하네요."

"뭐가 이상하지?"

전율이 물었다.

"분명 내가 원한다기보다는 어떤 외부적 힘으로 인해 당신의 소환수가 된 거라구요? 이건 강제적으로 날 굴복시킨 거란 말입죠? 그런데……."

환은 손으로 턱을 톡톡 두들겼다.

"기분이 나쁘지가 않으니 이상하다 그것입죠."

육미호가 환의 뿔을 다시 쥐고 휘휘 휘둘렀다.

"그게 그렇게 이상했어요, 우리 도깨비 새끼?"

"으윽. 이건 좀 기분 나쁜뎁쇼."

"적응해. 소환수 중에서는 내가 서열 1위니까."

"노력은 해보겠습니다요."

"노력해서 안 되면? 개기려구? 내가 우리 주인 눈치 본다고 너 못 잡아먹을 줄 알아?"

"여, 열심히 노력하겠다는 말이 헛 나왔습니다요! 헤헤헤헤헤!"

"그래, 그래야지. 아무튼~ 소환수라는 게 다 그래. 나도 겪었어. 분명 내 의지를 짓밟힌 채로 소환수가 된 건데 기분이 나쁘지 않단 말이지?"

"그렇죠."

"그럼 됐어. 기분 안 나쁘면 된 거지. 굳이 기분 나쁠 이유 찾아야 돼?"

"……."

환은 육미호를 보며 세상 참 단순하게 산다고 생각했다.

"뭐야, 이 도깨비 새끼. 방금 속으로 내 욕했지?"

"아, 아닙니다요!"

손사래 치는 환의 머리를 전율이 지그시 어루만졌다.

"환."

"네, 주인님!"

"사방신에게 연락을 취할 수 있지?"

"있긴 하지만… 아무 때나 할 수 있는 건 아닙죠."

육미호가 환의 뿔을 다시 흔들었다.

"자꾸 혓바닥 이상하게 놀리면 이거 뽑아버린다?"

"지, 진짜입니다요! 사, 사방신 중 한 분께서 제게 연락을 취하러 오면 비로소 다른 사방신님들과 연락을 할 수 있는 정신의 세계가 열립니다요!"

전율이 육미호를 바라봤다.

육미호가 어깨를 으쓱였다.

"몰라. 나도 처음 듣는 얘기야. 내가 아는 건 환이 사방신의 연락통이라는 것뿐이니까."

전율이 환을 가만히 살피니 거짓을 말하고 있는 건 아니었다.

당연했다.

테이밍당한 이상 소환수들은 주종 관계를 맺은 주인에게 거짓말을 할 수 없었다.

"봉인, 육미호."

"어? 잠깐! 갑자기 난 왜……!"

육미호가 봉인되고 나자 환은 겨우 마음의 안정을 찾았다.

"휘유, 정말 힘들었네요."

"이제 마음 놓고 자세히 얘기해 봐. 왜 넌 아무 때나 사방신에게 연락을 할 수 없는 거지?"

"원체 그렇게 만들어진 도깨비입니다요. 처음 오방신 황룡 님께서 제게 이 권능을 내려주실 때 말씀하셨습죠. 저는 오로지 사방신의 연락책으로만 사용될 것이라고. 그러니까 제가 원한다고 해서 개인적으로 사방신님들께 연락을 취할 수는 없다는 말입죠. 사방신 중 한 분이 저를 찾아와 다른 사방신들에게 연락을 취해달라고 하면, 그제야 황룡님께 받은 권능이 발현되는 것입죠."

"그렇군."

환은 자신이 말한 대로 철저한 연락책 그 이외에 아무것도 아니었다.

전율은 다른 걸 물었다.

"그러면 사방신들이 어디에 있는 줄은 알아?"

"그럼요. 가끔씩 심심할 때면 찾아가 볼까~ 싶기도 한데 너무 멀어서 그만두곤 했습죠."

"내게 알려다오. 사방신들이 어디 있는지."

환이 고개를 끄덕이고서 속사포처럼 말을 내뱉었다.

"우선 주작님은 미국 캘리포니아 주에 있는 마운틴 휘트니에 머물고 계십지요! 마지막으로 얼굴 본 것이 50년 전이었으니 지금도 지역이나 산의 이름은 변함이 없을 것이라 사료됩니다요! 현무님께서는 파키스탄에 있는 초고리 산에 있습죠!"

"초고리?"

"그렇습니다요. 다른 이름으로는 고드윈오스턴, K2라고도 불립죠! 에베레스트 산 아십니까요? 그 산에 이어 세계에서 두 번째로 큰 산이라고 현무님께서는 자랑하셨습죠."

환의 얘기를 듣는 족족 전율의 머릿속에서는 그 산들의 지형이 생생하게 그려졌다.

마더의 메모리에 있는 전 세계의 위성사진이 그대로 동기화된 덕분이다.

환은 계속해서 숨넘어갈 듯 빠르게 말을 이어나갔다.

"백호님은 일본의 후지산에 계십니다요. 후지산이야 워낙

유명한 산이니 모르는 사람이 없을 것이라고, 백호님께서 말씀하셨습죠!"

"백호는 주로 한국이나 중국의 설화에서 자주 오르내리는 신수인데 일본의 후지산에 있다고?"

"아, 물론 예전에는 한국이랑 중국에서 주로 거주하셨다고 하더라구요. 그런데 어쩝니까? 지금은 일본에 계시고 싶어 하시는 걸. 백호님의 마음이니 그걸 제가 어떻게 할 수는 없는 것입죠. 암요, 그렇구말구요."

"청룡은 어디에 있지?"

"청룡님은 아프리카의 킬리만자로 산 속에 몸을 숨기고 계십니다요."

"한국에는 하나도 없군."

"아, 그러고 보니 한국분이셨네요? 아차차, 저도 아까부터 한국말을 사용하고 있었죠?"

환의 말에 전율도 뒤늦게 자신들이 한국말로 의사소통하고 있었음을 깨달았다.

"어떻게 한국말을 알지?"

환이 헤헤~ 웃으며 대답했다.

"제 능력 중 하나입니다요! 어느 종족을 만나든 그들이 사용하는 언어를 구사할 수 있습죠!"

"그거 참 편리한 능력이군. 한데 종족이라는 건 동물들과도

의사소통이 가능하단 얘기인가?"

"그렇습니다요!"

"그래, 알겠다."

"더 궁금한 건 없으십니까?"

"사방신이 있는 곳에 갔을 때, 그들을 만나려면 어떻게 해야 하지?"

환이 자신의 가슴을 탕탕 두들겼다.

"그때가 바로 제가 나설 때 아니겠습니까요? 멀리서 부를 순 없어도 근처에만 가면 사방신님의 기운을 느낄 수 있습니다요."

그러자 전율의 안에서 육미호가 으르렁거렸다.

[그건 나도 할 수 있거든, 멍청한 도깨비!]

육미호는 환의 기운도 느꼈다.

사방신의 기운은 환보다 더욱 강대할 테니 당연히 느낄 수 있을 터였다.

그들이 사방신이 숨어 있는 위치만 알려주면 그걸로 만사 오케이다.

전율은 신안을 얻었기에 사방신을 볼 수 있는 상황이 되었다.

"봉인, 환."

전율이 환을 봉인키셨다.

이제 그가 해야 할 일은 명징했다.

"사방신 잡으러 가자."

전율이 텔레포트를 시전했다.

황산의 어느 부근에 두 발 딛고 서 있던 그의 모습이 환상
처럼 사라졌다.

Chapter 43.
주작

휘트니 산[Mount Whitney].

캘리포니아 주의 이뇨 군과 툴레어 군의 경계에 위치한 이 산은 미국 본토의 최고봉으로 그 높이가 해발 4,421m에 달한다.

동서로 이뇨 국유림과 세쿼이아 국립공원을 끼고 있으며, 깎아지른 절벽 같은 돌산이 형제마냥 줄지어 있는 모습이 특이하다.

7, 8월의 한여름에도 잔설이 사라지지 않고, 세가 험해 등반하기 쉬운 산은 아니다.

그럼에도 꾸준히 산을 찾는 등산객들은 있었고, 등산 코스 역시 여러 가지가 존재했다.

전율은 등산 코스와는 전혀 상관없는 곳에서 모습을 드러냈다.

그의 차림은 이곳의 경치와는 너무나 동떨어져 있었다.

든든한 등산복으로 몸을 두르고 커다란 아웃도어 배낭을 메고 있어야 할 판에 간단한 외출복 차림에다가 작은 백팩을 착용한 게 전부였다.

주변에서 누가 본다면 얼어 죽으려고 작정했다 할 만했다.

하지만 전율은 조금도 추위를 느낄 수 없었다.

오러가 6랭크에, 강철수로 피부를 탄탄하게 만든 데다가 서리벰의 보옥으로 추위에 내성이 생겼다.

때문에 전율은 가벼운 차림으로도 충분히 버틸 수가 있었다.

"소환, 육미호, 환."

전율이 육미호와 환을 소환했다.

두 마리 소환수가 모습을 드러냈다.

"흐음~ 내가 서양 땅을 밟게 될 줄은 몰랐네. 그나저나… 이거 장난 아닌데? 감당할 수 있겠어, 우리 주인?"

육미호가 전율에게 다가와 팔짱을 꼈다.

"나 지금 엄청 느껴지거든? 주작의 기운이. 어쩌면 좋아?

숨 막혀서 가버릴 것 같아. 나 아무 때나 가버리고 그러는 여
자 아닌데."

　말과 행동은 평소와 다름없이 장난스러운 육미호였다.

　하지만 그녀의 몸이 바들바들 떨리고 있었다.

　심장의 고동도 빨라졌다.

　육미호가 달라붙어 있는 전율의 팔에서 그러한 것들이 고
스란히 전해졌다.

　환은 아예 바닥에 넙죽 엎드려서 두 팔로 머리를 감싸 쥐었
다.

　"아, 아무래도 괜히 온 것 같은뎁쇼! 제, 제가 사방신들을
너무 오래전에 만나서 착각했던 모양입니다요! 주, 주인님이
라면 분명 상대할 수 있을 거라 생각했는데, 전혀 아닙니다
요!"

　착각이 맞았다.

　환은 전율의 위압에 압도되어 그의 힘이 사방신과 비슷하
다 느꼈던 것이다.

　한데 지금 제대로 주작의 기운을 느끼고 나니 이는 전율의
기운을 훨씬 웃돌고 있었다.

　전율 역시 사방에 만연한 묵직한 기운을 온몸으로 맛보는
중이었다.

　하지만 주작이 어디에 몸을 숨기고 있는지는 정확히 파악

할 수 없었다.

"육미호, 환. 주작을 찾아라."

육미호가 팔짱을 풀고서 전율의 손을 꽉 잡았다.

"앞장설 테니까 손 놓으면 안 돼, 우리 주인?"

육미호의 말에 전율은 고개를 끄덕였다.

환도 딱 죽기 직전의 표정으로 겨우겨우 걸음을 떼기 시작했다.

한데 몇 발자국 가지 못하고서는 자리에 털썩 주저앉더니 전율에게 손을 내밀었다.

"제, 제 손도 좀 잡아주시면 안 될깝쇼? 헤, 헤헤헤."

"……"

전율이 보기에 환은 도깨비였으나 분명 수컷이었다.

남자 손을 잡는 취미는 전율에게 없었다.

"싫다."

단호한 거절에 환이 꺼질 듯 한숨을 내쉬었다.

"다리가 도통 떨어지지 않아서 그럽니다요."

엄살이 아니었다.

환은 정말로 혼자서 걷기가 힘든 지경이었다.

그렇다고 전율의 명을 거역할 수도 없었다.

이러지도 저러지도 못하는 환이었다.

한데 그런 환의 앞으로 하얗고 예쁜 손 하나가 쑥 다가왔다. 환이 놀라서 고개를 들었다. 육미호가 그의 앞에 서 있었다.

"잡아."

육미호는 환을 내리깔아 보며 말했다.

"그, 그래도 되겠습니까요?"

"혼자 걸을 수 있어? 맘 바뀌기 전에 빨리 잡아."

"가, 감사합니다요!"

환이 육미호의 손을 덥석 잡았다.

"참 나. 나이는 나보다 더 처먹은 도깨비 새끼가 쫄아서 걸음도 못 옮기는 꼴이라니."

"죄, 죄송합니다요. 헤헤헤."

육미호는 투덜대면서도 환의 손을 꼭 잡아주었다.

서로 손을 잡은 세 사람이 나란히 거닐었다.

육미호와 환은 주작이 어디에 숨어 있는지 확실하게 감지했고, 헤맴 없이 길을 찾아나갔다.

사실 주작이 숨어 있다고 하기는 어려웠다.

사방신들은 그냥 자신이 편한 곳에 둥지를 틀었다.

다만 사람들의 눈에 보이지 않을 뿐이다.

"이, 이제 거의 다 왔습니다요."

환이 숨까지 헐떡이며 겨우 입을 움직였다.

"정신 똑바로 차려, 우리 주인~"

육미호도 전율에게 경고했다.

여태껏 단 한 번도 이런 식의 말을 한 적이 없는 육미호였다.

"그래, 알았다."

전율이 순순히 그녀에게 답했다.

그 역시 점점 더 강해지는 주작의 기운이 범상찮음을 느끼는 중이었다.

그가 마스터 콜에서 만났던 보스들을 떠올렸다.

그나마 좀 상대하기 힘들었던 보스들, 위스프 퀸 디오란, 트롤 킹 바루안.

전부 주작의 강렬함에 비할 바가 아니었다.

하지만.

'상대 못 할 것도 없다.'

전율은 절대 질 것이라 생각지 않았다.

그리고 그 생각은 주작을 마주하는 순간 확신으로 바뀌었다.

두 소환수의 걸음이 멈춘 자리.

거기서 조금 떨어진 곳에 남방을 지키는 남방성수(南方星宿) 주작이 집채만 한 몸을 웅크린 채 반쯤 뜬 눈으로 전율 일행을 주시하고 있었다.

타는 듯한 붉은 털로 온몸을 뒤덮고 있는 거대한 신수는 마치 전설로만 전해져 내려오는 봉황의 모습과도 비슷했다.

주작은 전율 일행을 그저 바라봤다.

아무런 말도 없었고, 어떠한 행동도 하지 않았다.

그럼에도 육미호와 환은 심장이 터질 듯 격하게 뛰었다.

"아이 제기랄, 나, 이렇게 쪼는 거 싫거든. 쪽팔리잖아."

육미호가 사이한 미소를 머금고 눈을 매섭게 치켜떴다.

환은 주작을 마주하자마자 돌부처마냥 굳어서 가만히 서 있었다.

육미호는 잡고 있던 전율의 손을 놓았다.

촥!

그녀의 손톱이 길게 늘어났다.

"역시 난 무섭다고 꽁지 빠져라 도망치는 짓은 못 하겠어. 우리 주인~ 혹시라도 위험하다 싶으면 내가 막아줄 테니까 어서 피……."

말을 하며 전율을 바라본 육미호는 깜짝 놀랐다.

"주인?"

전율은 자신이나 환과 달리 전혀 긴장한 기색이 아니었다.

오히려 편안해 보였다.

'주작을 마주하고서도 아무렇지 않단 말야?'

육미호가 전율과 주작을 번갈아 봤다.

자세히 살피니 주작은 한참 전부터 전율 일행이 아닌 오직

'전율' 한 명에게 시선을 두고 있었다.

전율 역시 그런 주작의 시선을 담담히 받아냈다.

서로 무언의 대화를 주고받는 두 사람.

뜨거운 차 한 잔 마실 시간이 지나서야 비로소 주작은 입을 열었다.

"너는 내 힘을 필요로 하고 있구나."

"흡!"

환이 헛숨을 들이켰다.

육미호 역시 티는 내지 않았지만 저도 모르게 아랫입술을 깨물 뻔했다.

아무것도 아니었다.

그저 주작이 말을 했을 뿐이다.

한데 중저음의 묵직한 음성엔 상대방을 짓누르는 범접 못할 위엄이 가득 차 있었다.

그 와중에도 전율은 태연했다.

그는 주작에게 고개까지 끄덕이며 답했다.

"그렇다."

게다가 말을 높일 생각도 하지 않았다.

그런 전율이 주작은 기이했다.

'확실히 보통의 인간들과는 다르다. 그는 강하다. 그러나.'

주작 자신보다는 훨씬 약했다.

비등하다고 할 수준도 안 됐다.

한데도 전율은 전혀 움츠러듦이 없었다.

이에 주작이 물었다.

"너는 어찌하여 날 겁내지 않느냐."

전율은 입꼬리를 말아 올렸다.

"너보다 더한 괴물을 봤으니까."

순간 전율의 머릿속에 떠올리고 싶지 않은 얼굴이 잔상처럼 나타났다.

'데모니아!'

전율이 속으로 그 이름을 되뇌며 이를 바드득 갈았다.

주작은 육미호나 환이 주의를 줄 만큼 강한 존재였다. 하지만 데모니아만큼은 아니었다.

그제야 데모니아의 존재를 떠올린 육미호도 전신을 파르르 떨었다.

"씨발… 잊고 있었는데."

주작 앞에서도 어떻게든 견디고 있던 육미호가 자신의 양팔을 꽉 끌어안았다.

그래도 몸의 떨림이 멈추질 않았다.

육미호는 데모니아와의 전투에서 형편없이 패한 이후, 의식적으로 그 기억을 잊으려 노력했다.

그러지 않고서는 미칠 듯한 공포가 계속해서 그녀를 엄습

할 것 같았다.

다행히 육미호의 노력은 헛되지 않았고 데모니아와의 기억이 심연 속 깊은 곳으로 봉인되었다.

한데 지금 다시 떠오르고 말았다.

그런데 아이러니했다.

데모니아를 떠올리고서 다시 주작을 보니, 전혀 그가 두렵지 않았다.

그녀의 신경이 데모니아의 기억보다 주작에게 더 집중되었다. 그러자 거짓말처럼 몸의 떨림이 멎었다.

"…이런 거였어."

육미호가 전율을 보며 중얼거렸다.

어째서 전율이 주작 앞에서도 당당할 수 있었는지, 그녀는 몸소 겪어 깨달았다.

주작 역시 육미호의 내면에 변화가 일었음을 알았다.

"너희는 같은 괴물을 본 모양이구나. 그 괴물이 얼마나 대단한 존재인지 가늠할 수 없으나, 나에 대한 두려움이 상쇄될 만큼 거대한 공포심을 너희들의 마음에 심어놓은 듯하다. 아울러 말하건대 나를 그 괴물과 비교하지 말거라. 나는 괴물이 아니다. 그리고 환."

주작의 부름에 얼굴이 파랗게 질린 환이, 대답과 함께 숨을 몰아쉬었다.

"네! 푸하아아아아아. 흐억! 헤엑!"

여태껏 주작의 기운에 눌려 숨도 제대로 못 쉬고 있었던 것이다.

"어, 어인 일로 절 찾으셨습니까요? 헤, 헤헤헤!"

"너는 어찌해 내게 저들을 인도한 것이냐. 그것은 사방신 지킴이로서의 직무에 어긋나는 일이다. 너는 하늘의 율법을 어겼다."

주작의 음성에 처음으로 분노의 감정이 담겼다.

환의 눈이 붉게 충혈됐다.

그가 두 손이 떨어져 나가라 손사래 쳤다.

"제, 제 본분을 다하지 못한 것은 인정합니다요! 하, 하지만 전 이미 사방신 지킴이라기보단 전율 님의 소환수가 되었습니다요! 사방신님을 섬길 수 없는 몸이 되었다 그 말입죠! 이제 제 주인은 오로지 한 분, 전율 님밖에 없습죠! 주인의 말을 거역하는 종자가 어디 있습니까요?"

"왜, 그의 종자가 되었느냐?"

"제 의지는 아니었으나… 정신을 차리고 보니 그리되었습죠. 헤, 헤헤헤."

"그래서 주인의 말이라면 그것의 옳고 그름을 판단하지도 않고 무작정 따른다 그 말이더냐?"

"지금의 제 상태로 보아 아마 그럴 것 같습니다만… 우리 주인님께서는 그른 일을 하실 분이 아닙니다요! 저 도깨비 환!
사방신 지킴이가 되기 이전부터 상대의 선하고 악함을 능히
파악할 수 있었습죠. 헤헤헤헤."

주작의 눈이 가늘어졌다.

"환이여. 너는 분명 상대의 선하고 악함을 파악할 수 있었
으나 그것을 단번에, 능히 파악하진 못했느니라."

"무, 물론 몇 시간 정도가 필요하긴 했습니다만……."

"반나절이 필요했느니라."

"…그, 그랬습니까요? 어찌 되었든 제 입장은 그렇습니다요."

주작의 시선이 다시 전율에게 향했다.

"너는 어찌하여 내 힘을 필요로 하느냐?"

"내가 봤던 그 괴물에게 맞서기 위해서다."

"어찌하려 맞서려 하느냐? 그 괴물이 너를 핍박하느냐?"

"그 괴물은… 지구를 파괴하려 하고 있다."

"네 음성엔 확신이 가득 차 있구나."

"이미 내가 겪었던 미래니까."

전율은 딱 그렇게만 얘기했다.

더 이상의 자세한 설명은 필요 없었다.

주작은 그 몇 마디만을 주고받은 상황에서도 전율의 사정
을 대부분 이해한 듯 보였다.

전율에게 꽂혀 있던 주작의 눈동자가 깊어졌다.

청아하고 맑은 눈동자에서 갑작스레 황금빛 안광이 일었다.

순간 전율은 이상한 체험을 했다.

주작의 정신이 전율의 정신 속으로 파고들어 와 헤집고 다니다 나간 듯한 기분이 들었다.

그건 착각이 아니었다.

주작은 전율의 기억을 읽었고, 그가 하는 말이 거짓이 아님을 알게 되었다.

"너는 진실을 말하고 있구나. 아울러 진정으로 이 세상을 걱정하고 있어."

전율이 그저 고개만 끄덕였다.

"네 마음은 갸륵하고 날 찾아온 용기는 감복할 만하다. 그러나 과연 네가 세상의 멸망 앞에 맞서 그 무게를 짊어질 수 있을 만한 인간인지를 알아야겠다."

"시험을 하겠다는 건가?"

"힘없는 정의는 무능할 뿐."

말과 함께 여태껏 웅크려 있던 주작이 몸을 일으켰다.

"히이익!"

환이 주작의 어마어마한 위용에 뒷걸음질 치다 엉덩방아를 찧었다.

접었던 날개를 활짝 편 주작의 뒤로 태양이 가려졌다.

검은 그림자가 전율과 육미호의 전신을 뒤덮었다.

바람에 휘날리는 주작의 붉은 깃털이 크리스탈처럼 반짝였다. 그가 몸을 가볍게 털었다. 깃털이 요동치며 더욱 아름다운 오색 빛을 발했다.

그 광경이 마치 전신에서 보석이 떨어져 내리는 것 같았다.

주작은 그 자체로 완전무결한 하나의 예술 작품이었다. 그를 보고 있자면 절대적 공포와 황홀경을 동시에 느끼는 기묘한 체험을 하게 된다.

물론 지금 그러한 감정을 느끼는 건 환뿐이었다.

전율과 육미호의 마음속에선 공포가 사라졌다.

두 발로 땅을 딛고 꼿꼿이 선 주작이 전율을 내려다보았다.

"나, 사방신 중 남방을 다스리는 남주작이 널 시험하리라."

*　　　　*　　　　*

주작은 전율의 치기 어림이 어리석었다.

전율이 거짓을 말하고 있지 않음을 그는 알았다.

이 세상이 다른 외부의 종족에게 위협을 받고 있다? 그것은 분명 큰일이다.

주작 역시 세상을 수호하는 사방신 중 하나다.

따라서 전율의 말에 근심이 어렸다.

한데 전율은 큰 착각을 하고 있었다.

본인의 힘이 그 무게를 질 만큼 대단치 않은데 의협심만 앞서서 자신을 찾아왔다.

그러고는 도움을 청하고 있다.

아니, 그의 태도는 청한다고 하기에는 무례했다.

당연히 주작이 자신에게 협조해야 한다는 식이었다.

하나, 본인의 그릇이 작으니 주작 자신이 힘을 빌려줘 봤자 아무런 도움도 되지 않을 것이다.

자기 몸 하나 지키기도 힘들 판국에 침략자들과 어찌 맞서 싸운단 말인가?

주작은 그런 전율을 크게 혼내 돌려보내기로 했다.

물론 가능하다면 사방신 지킴이 환의 종속 계약도 끊을 참이었다.

그리고 사방신이 모여 앞으로의 위기에 대해 대처하는 것이 현명한 길이리라.

주작이 몸을 일으켜 날개를 폈다.

그의 앞에선 전율은 사람 앞의 개미처럼 작디작은 존재였다.

전율도 분명히 느끼고 있을 것이다.

주작과 자신의 힘의 차이를.

하지만 전율은 끝까지 여유로웠다.

주작은 그 자신감의 근원이 무엇인지 궁금했다.

비밀은 곧 풀렸다.

"데이드릭."

전율이 데이드릭을 소환했다.

[너의 부름이 깊은 심연에 닿았다.]

데이드릭의 의지가 전해지며 검은 연기가 흘러나와 전율의 상체와 다리를 감쌌다.

제5형태의 데이드릭이었다.

[육신의 모든 능력이 5배 증가합니다. 전율 님께서 받는 물리, 마법 대미지가 40% 감소합니다. 모든 속성의 내성이 50% 증가합니다. 마갑 데이드릭이 흡혈을 시작했습니다. 버틸 수 있는 시간은 최대 8분입니다.]

순간 전율의 기운이 갑자기 증폭되었다.

"음……?"

주작이 저도 모르게 탄성을 자아냈다.

전율은 더 이상 사람 앞의 개미가 아니었다.

그는 태산이었다.

그저 묵빛의 갑옷 하나를 걸쳤을 뿐인데 어찌 이런 변화가 가능한 건지 주작은 의아했다.

"흥미로운 갑주를 갖고 있군."

"아직도 날 시험해 볼 생각이 드는가?"

주작은 한없이 깊고 맑은 눈으로 전율을 바라봤다.

그리고 자신과 전율의 힘을 냉정하게 가늠했다.

이윽고 주작은 고개를 끄덕였다.

"비로소 시험해 볼 가치는 있을 것 같구나."

전율이 피식 웃었다.

"사방신이라고 해서 뭐 좀 다른 줄 알았는데, 허세 떠는 걸 보니 별거 없군."

전율의 도발에 환이 기겁했다.

"주, 주인님. 그, 그런 식의 얘기는 주작님을 화나게 만들 뿐인뎁쇼?"

환의 걱정과 달리 주작은 전율의 도발에 전혀 기분이 상하지 않았다. 오히려 자신의 그릇을 고작 그 정도로 평가한 환의 말에 미간이 찌푸려졌다.

"환. 너는 우리를 떠나더니 감까지 사라진 것이냐?"

"히이익! 그, 그런 것이 아니오라!"

육미호가 환의 뒤통수를 후렸다.

빡!

"으헉!"

"입 닥치고 가만히 있어. 우리 주인이 다 알아서 할 거니까."

"아, 알겠습니다요."

전율이 두 소환수들에게 말했다.

"위험할지도 모르니 조금 떨어져 있어라."

환이 육미호의 손을 잡고 후다닥 뒤로 물러섰다.

주작은 보통내기가 아니다.

그리고 5형태의 데이드릭을 착용한 전율 역시 몸속에서 어마머마한 힘이 넘쳐흘렀다.

그런 거대한 기운을 간직한 둘이 작정하고 맞붙으면 일대가 초토화될 것은 불 보듯 뻔한 일이다.

잘못하면 육미호와 환이 말려들 수도 있었다.

"시작해도 되겠는가?"

주작이 물었다.

전율은 5형태의 데이드릭을 입고 전투에 임해보는 게 처음이었다.

그의 몸속에서 크게 증폭된 기운은 결코 주작에게 밀리지 않았다. 아니, 오히려 주작을 압도하고 있었다.

절대로 질 수가 없는 싸움이었다.

주작도 그것을 분명 느끼고 있을 터였다.

한데도 시험해 볼 가치가 있다는 등의 말을 하니 전율이 코웃음을 친 것이다.

"사방신을 상대하는 건데 내가 할 수 있는 최선을 다해야겠지. 이슈반."

전율이 이슈반을 소환했다.

그의 허리에 보랏빛 검이 꽂힌 검집이 착용되었다.

이슈반 역시 전투에서 처음으로 사용해 보는 터였다.

전율은 이슈반의 손잡이를 잡고 부드럽게 뽑아 들었다.

그때였다.

갑자기 새로운 지식들이 전율의 머릿속으로 파도처럼 밀려 들어 왔다.

이윽고 마더의 음성이 들렸다.

[이슈반의 능력으로 인해 기본 검법과 검술 '오르간'을 터득했습니다. 이제부터 전율 님은 검을 능수능란하게 다룰 수 있으며 오르간 역시 사용할 수 있습니다.]

그러고 보니 이슈반의 아이템에 설명에 오르간이라는 검술을 터득할 수 있다는 항목이 붙어 있었다.

한데 기본 검법까지 익히게 되었다.

전율이 알게 된 지식들은 마치 오래전부터 그가 몸소 겪어 체득한 형태로 굳었다.

한마디로 전율의 몸도 검법에 대한 지식을 따라갈 수 있게 되었다는 것이다.

지식만 가득할 뿐 몸이 따라주지 않는다면 그건 당장 전투에서 써먹을 수가 없었다.

"생각했던 것 이상으로 괜찮군."

전율이 만족스레 말했다.

"준비는 끝났는가?"

주작이 물었고, 전율은 비로소 고개를 끄덕였다.

"그럼 시작하도록 하지."

주작이 하늘로 날아올랐다.

아니, 그것은 날아올랐다기보다 공간이동에 가까웠다.

지상에 있던 주작의 모습이 사라졌다고 느낀 순간 그는 이미 하늘에 두둥실 떠 있었다.

전율이 이슈반을 강하게 고쳐 잡았다.

쉬잉—

갑자기 전율을 향해 초고열의 하얀 불덩이가 쏘아졌다.

서걱!

전율이 이슈반을 휘둘러 그것을 갈랐다.

콰쾅! 쾅!

두 조각 난 불덩이는 지면에 충돌하는 순간 어마어마한 폭발을 일으켰다.

전율의 양옆으로 운석이 떨어져 내린 양 커다란 구덩이가 생겨났다. 가히 거대한 집 몇 채는 묻어버릴 수 있을 만큼 그 규모와 깊이가 어마어마했다.

우르르르르!

작렬의 여파로 지진이 일었다.

산 전체가 몸살을 일으키며 마구 흔들렸다.

"으악!"

환이 머리를 감싸 쥐며 주저앉았다.

육미호는 그런 환의 목덜미를 쥐고 더욱 뒤로 물러났다.

"애초에 우리가 낄 수 있는 레벨이 아니잖아, 이거."

그녀의 입에서 질린 음성이 흘러나왔다.

고작 한 수였다.

주작의 말도 안 되는 공격을 전율은 막아냈고, 그 여파로 전쟁이 일어난 것 같은 상흔이 생겼다.

중요한 건 그게 시작이라는 것이었다.

쉬잉— 쉬잉— 쉬잉—

하얀 불덩이는 연속해서 전율에게 날아들었다.

한데 불덩이는 정면뿐만 아니라 전후좌우는 물론이고 머리 바로 위에서, 혹은 땅을 뚫고 나오기도 했다.

전율은 이슈반을 휘두르며 그것들을 모두 베어냈다.

그러다 미처 피하지 못할 것 같을 땐 텔레포트를 시전해 바로 옆으로 이동했다.

콰콰콰콰콰쾅!

섬광의 피해를 입은 산엔 어마어마한 구덩이가 계속해서 늘어갔다.

그것은 결국 산을 깎아내는 지경이 되었다.

"히이익! 여, 역시 괜히 온 것 같은뎁쇼!"

환은 바닥에 넙죽 엎드려서 일어날 줄을 몰랐다.

육미호가 그런 환의 엉덩이를 걷어찼다.

뻥!

"아이코! 왜, 왜 때리십니까요!"

"우리 주인 좀 믿어. 너는 소환수가 왜 그렇게 믿음이 없니? 응?"

"이, 이건 믿고 안 믿고의 문제가 아닌 것 같습니다요."

"하긴……."

육미호가 전투를 벌이는 둘에게 시선을 돌리고서 고개를 주억거렸다.

일대일의 싸움이라기엔 그 규모가 어마어마했다.

"피하기만 하는 것이 네 능력의 전부이더냐?"

주작이 전율을 조롱했다.

전율은 지지 않고 대꾸했다.

"이따위 쓸모도 없는 공격만 계속하는 게 네 능력의 전부인 가?"

"그렇다면 보여주도록 하겠다. 가장 강력한 내 힘을."

주작의 말이 끝나자 그의 부리 앞으로 환한 빛 한 점이 맺혔다.

빛은 빠르게 덩치를 불려 나갔다.

이윽고 빛은 바위만큼 커졌다.

빛은 마주 보기 힘들 정도도 눈이 부셨다. 마치 하늘에 태양이 하나 더 떠오른 것만 같았다.

그 안에서 느껴지는 기운이 심상찮았다.

전율이 슬쩍 뒤를 돌아보았다.

육미호와 환이 저 멀리 떨어져 있었다.

하지만 그럼에도 그 둘이 이번 주작의 공격에 휘말릴지도 모르겠다는 생각이 들었다.

"봉인, 육미호, 환."

전율은 두 소환수를 다시 봉인했다.

그 직후, 빛 덩이가 전율을 향해 쏘아져 내렸다.

전율이 이슈반에 오러를 주입했다.

항상 오러는 주먹에만 실었었다. 이런 식으로 무기에 실어 보는 건 처음이었다.

한데 전율이 한 행위는 이슈반이 탄생한 세상에서 오러를 다루는 검사들이 자주 사용하는 기술이었다.

바로 오러 소드라는 것이었다.

그리고 오러의 극의를 본 이가 검을 잡으면 이를 소드 마스
터라 불렀다.

어찌 되었든 전율은 저도 모르게 오러 소드를 사용했다.

그리고 거대한 빛 덩이를 향해 검을 휘둘렀다.

까아아아아앙!

빛 덩이와 오러 소드가 부딪치며 귀 아픈 굉음을 흘렸다.

콰가가각!

전율의 두 발이 돌바닥을 깨부수며 파고들었다.

주작이 쏘아 보낸 빛 덩이는 그가 구사할 수 있는 모든 신
술(神術) 중 가장 강력한 '멸환구(滅煥球)'였다.

말 그대로 모든 것을 멸망시키는 불꽃의 공이었다.

사신만만했던 선율노 주작이 혼신의 힘을 다한 일격은 쉽
사리 받아내기가 힘들었다.

드드득!

그의 발이 계속 돌바닥을 파고들어 이제는 무릎까지 박혔
다.

[힘내, 주인! 뭐 해, 도깨비 새끼야! 너도 응원해!]

[히이익! 히, 힘내십쇼!]

[끼루루루루루! 주인님~! 기운내세요!]

세 소환수가 전율에게 파이팅을 외칠 때, 단 하나의 소환수
만이 다른 목소리를 냈다.

[확실히 저 빛 덩이는 위험해요. 파괴의 힘이 가득하네요. 하지만 전율 님께서 극복하지 못할 정도는 아니에요.]

디오란이었다.

그녀의 말에 전율이 입꼬리를 말아 올렸다.

"나도 방금 그렇게 느꼈다."

멸환구는 전율을 압박하고 있었지만 그게 전부였다.

전율을 완전히 제압해서 찍어 누를 수는 없었다.

물론 전율 역시 전력을 다해 멸환구를 막아내고 있었다.

한데 중요한 건, 전율의 힘이 빠지는 속도보다 멸환구의 파괴력이 줄어드는 속도가 더 빠르다는 것이다.

전율이 멸환구를 막아내는 시간이 지속될수록 그 안에 담긴 힘이 계속해서 작아지고 있었다.

주작은 멸환구를 쏘아 보낼 땐, 그 힘이 다할 때까지 움직일 수 없었다.

주작이 멸환구에 신경을 꺼버리면 그것은 사라져 없어진다.

"끝을 내자. 흡!"

나직이 얘기한 전율이 짧은 기합과 함께 검을 뒤로 살짝 당겼다가 앞으로 내리그었다.

까아아아아앙!

또다시 굉음이 터졌다.

검과 멸환구가 격돌한 자리에서 번개가 치듯 엄청난 스파

크가 일었다.

그리고 멸환구의 표면에 금이 갔다.

파직!

"……!"

이를 보고 있던 주작의 눈이 크게 떠졌다.

"으아아아아아아아!"

전율이 사자후를 터뜨리며 검을 쥔 손에 더욱 힘을 주었다.

그의 팔 근육이 터져 나갈 듯 부풀어 올랐다.

그 순간.

파지지지직! 콰아아앙!

멸환구가 터져 나가며 엄청난 폭발을 일으켰다.

빛은 사방으로 퍼졌다.

전율과 주작이 대치하던 장소를 중심으로 사방 몇 킬로미터가 전부 하얀빛에 집어삼켜졌다.

콰르릉! 우르르릉!

멸환구의 폭발에 일대의 산이 모조리 무너졌다. 하지만 무너진 파편들이 산 밑으로 내려가는 일은 없었다.

파편은 무너지는 즉시 빛에 녹아들었다.

멸환구의 성질은 빛이라기보단 세상에 존재할 수 없는 초고열의 화염이었다.

멸환구가 영향을 끼친 범위는 사위 1킬로미터였다.

다행히 그곳은 등산로와 많이 떨어져 있고 베이스캠프도 없는 장소였다.

사상자는 나오지 않았다.

한데 그 고열 속에서 과연 전율이 버틸 수 있었을지가 의문이었다.

주작은 멸환구가 완전히 소멸되고 나서야 바닥에 내려섰다.

한데 전율의 모습은 온데간데없었다.

게다가 강렬하던 그의 기운도 느껴지지 않았다.

'설마……'

멸환구에 당한 것인가?

주작이 그렇게 생각하고 있을 때, 뒤에서 전율의 음성이 들려왔다.

"날 찾나?"

주작은 황급히 고개를 돌렸다.

거기엔 데이드릭의 장착을 해제한 전율이 멀쩡한 모습으로 서 있었다.

"…갑옷을 벗었군."

전율이 데이드릭을 벗는 바람에 그의 기운이 갑자기 축소되어 주작이 느끼지 못했던 것이다.

그저 강렬한 기운만을 찾으려 했으니 말이다.

"아직 더 시험해 볼 생각이냐."

전율의 물음에 주작이 고개를 저었다.

그런 주작에게 전율은 당당히 제안했다.

"주작. 내 소환수가 되어라."

Chapter 44.
사방신 회동

자신의 소환수가 되라 말한 전율을 주작이 말없이 주시했다.

한참 동안 그가 침묵을 지키자 전율이 물었다.

"싫은가?"

비로소 주작의 입이 열렸다.

"사방신을 자신의 소환수로 삼겠다니, 포부가 대단하구나."

"할 거야, 말 거야. 내 소환수."

"거절한다 해도 넌 어떻게든 날 네 소환수로 만들겠지."

"당연하지."

주작이 또다시 깊은 생각에 빠졌다.

그러는 사이 환과 육미호는 전율의 안에서 잡담을 나눴다.

[정말 주인님은 겁이 없으신 것 같습니다요. 사람이 사방신에게 소환수가 되라 하다니.]

[우리 주인은 내가 선택한 남자라고. 포부가 저 정도는 되어야지. 멋지지 않니?]

[머, 멋진 거 같기도 하고, 대책 없는 것 같기도 하고… 아무튼 좀 걱정되는 것이 저렇게 뒷일 생각 안 하고 덤비다가 언제 한번 호되게 당할 것 같기도 하고 말입죠…….]

[그래? 근데 어쩌니? 너 자꾸 혀 그따위로 놀렸다가 당장 나한테 호되게 당할 텐데? 정수리에 난 뿔 그거 뽑아버릴까?]

[히익! 죄, 죄송합니다요!]

그때 초백한이 끼어들었나.

[끼루루. 두 분 조용히 좀 하세요. 정신 사납단 말이에요.]

[어쭈? 많이 컸다? 꿩대가리 너 요새 계속 개기는 것 같아? 내가 말만 잡아먹는다 잡아먹는다 하고 봐주니까 마냥 농담하는 것 같지? 진짜 행동으로 보여줘?]

[끼루루루! 제, 제가 귀를 막을게요!]

[하여튼 소환수라는 것들이 하나같이 덜떨어져 가지고서는. 흐아암~ 그나저나 주작은 언제까지 생각하는 거야? 지루해 죽겠네.]

육미호가 투덜거리는 그 타이밍에 주작이 전율에게 말했다.

"시간이 필요하다."

전율은 고개를 저었다.

"미안하지만 나한테는 네 사정 같은 거 봐줄 시간 없다."

"아니, 난 이미 네 소환수가 되기로 마음을 정했다."

생각지도 못했던 주작의 대답에 전율은 적잖이 놀랐다.

소환수들 역시 놀란 건 마찬가지였다.

[뭣이라굽쇼! 주, 주, 주, 주작님께서 인간의 소환수가 되겠다 이 말입니까요! 노, 놀랍습니다! 망치로 뒤통수를 얻어맞은 것처럼 놀랍습니다요!]

환이 호들갑을 떨었다.

사방신 지킴이 환에겐 정말 있을 수도 없는 일이 벌어진 것이었다.

"마음을 정했다면 망설일 것이 없지 않나?"

"다만 조건이 있다."

"말해봐."

"네가 날 소환수로 두려는 것은 세상의 멸망에 맞설 힘이 필요하기 때문일 테지."

"맞아."

"그렇다면 네 대업이 이루어진 후, 날 다시 세상으로 돌려보내 줬으면 하는구나."

전율이 망설임 없이 대답했다.

"얼마든지. 아니, 반드시 그러도록 하지. 조건은 그게 다인가?"

"그렇다. 하지만 당장 네 소환수가 되기는 힘들구나."

"뭐가 더 남았지?"

"잠시 환을 불러주겠느냐?"

전율은 주작이 뭘 생각하고 있는 건지 알 수 없었다. 일단은 그가 원하는 대로 환을 불렀다.

"소환, 환."

전율의 이마에서 흘러나온 빛 무리가 환으로 변했다.

"주작님! 부르셨습니까!"

"사방신 지킴이 환이여."

"네입!"

"사방신 회동을 준비하거라."

"회, 회동을 말입니까요?"

"그래. 그들과 얘기를 나누어야겠다."

사방신 회동.

그것은 결코 가벼운 일이 아니었다.

세상에 아주 큰일이 벌어질 때만 사방신은 지킴이 환을 통해 회동을 했다.

주작은 지금이 바로 회동을 할 때라 판단했다.

"왜 회동을 하려는 거지?"

전율이 끼어들어 물었다.

그러자 주작에게서 기대하지도 않았던 대답이 돌아왔다.

"사방신들에게 지금의 상황에 대해 얘기하고 네게 힘을 빌려줄 것을 부탁할 생각이니라."

"진심인가?"

"남주작의 입에서 허튼소리가 나올 것이라 생각하는 건 아니겠지?"

주작이 미간을 찌푸렸다.

다른 건 몰라도 주작은 자존심을 건드리는 이야기에는 민감하게 반응했다.

전율은 괜히 그의 심기를 건드릴 필요가 없었기에 얼른 손사래 쳤다.

"아니. 그리 생각하지 않는다. 내 입장에서 보자면 워낙 고마운 얘기를 해줬기에 놀라 튀어나온 말이야."

"그렇군."

주작은 구겼던 미간을 풀고 다시 말을 이었다.

"너를 시험해 본 결과 사방신인 우리를 능가하는 힘을 갖고 있음을 알았다. 게다가 네 심성이 악하지 않으며 진심으로 세상일을 걱정하고 있음 역시 알 수 있었지. 우리 사방신은 세상의 수호를 위해 존재한다. 그렇다면 멸망의 위기를 이겨내는 동안 네 소환수로 사는 것도 나쁜 방법은 아니라고 생각한다. 그래서 마음을 정한 것이니라."

"옳은 판단이야."

일이 전율에게 너무나 좋은 쪽으로 돌아가고 있었다.

주작이 다른 사방신들을 잘만 설득해 준다면 굳이 힘들이지 않고 모든 사방신을 전율의 소환수로 삼을 수 있었다.

나아가서는 사방신보다 더 위에 있는 오방신까지 소환수로 만들 수 있을지도 모른다.

문제는 시간이다.

"사방신 회동이 끝나기까지 얼마나 필요하지?"

"환이 연락을 취하면 우리 사방신은 황산에서 회동을 하게 된다."

황산은 환이 살고 있었던 중국 땅에 있는 산이다.

"회동이 시작되고 의견을 나누어 결론을 내리기까지 열흘 정도가 걸린다."

"열흘?"

지금 지구에 남은 시간은 11일이었다.

사흘 후엔 데모니아의 얼굴에 전 세계 하늘에 나타날 것이고, 팔 일 후엔 외계 종족의 1차 침공이 시작된다.

다행스럽게도 회동이 하루 일찍 끝나기는 하지만, 혹시라도 다른 사방신들이 소환수가 되지 않겠다고 한다면 골치가 아파진다.

"내 소환수가 될 것인지 말 것인지, 그거 하나 회의하는데 그토록 오랜 시간이 소모되나?"

"그렇다. 사방신들 간의 회의는 그렇게 간단하지가 않다. 우리는 앞으로 펼쳐질 수천억 가지의 모든 가능성에 대해 이야기를 주고받는다. 그리고 그중에서 가장 긍정적인 결론이 도출되는 쪽으로 의견을 정한다. 때문에 회동은 길어질 수밖에 없다."

수천억 가지라니.

참 피곤하게 사는 종족들이란 생각이 들었다.

"회동 시간을 줄일 수는 없나?"

"불가능하다."

"음……."

전율이 난감해하자 주작이 그를 달랬다.

"최대한 네 소환수가 되는 쪽으로 이야기를 잘 끌어나갈 테니 걱정하지 말거라. 너를 만난 이후 줄곧 수천 가지의 가정을 세워 미래를 그려보았으나 아직까지 네 소환수가 되는 것보다 더 나은 경우를 찾아내지 못했다."

사방신들은 회동을 할 때 수천억 가지의 경우를 가지고 얘기를 나눈다고 했었다.

주작이 말한 건 그중 고작 수천 가지였다.

사실 전율의 입장에서는 조금 불안했다.

수천 가지 경우의 수에서는 아직 전율의 소환수가 되는 것이 최선이지만, 수천억 가지의 경우의 수에서 더 좋은 결과가 도출되지 말라는 법이 없었다.

그런 전율의 심정을 읽었는지 주작이 다시 말했다.

"우리는 가장 무게가 있는 가정을 먼저 세운다."

말인즉, 뒤에 나오는 가정일수록 크게 대단치 않다는 것이다.

하지만 혹여라도 더 좋은 의견이 나온다면 상황이 뒤집어질 수 있지 않을까 하는 걱정이 들었다.

그러나 전율은 주작을 믿어보기로 했다.

만약 사방신들이 자진해서 전율의 소환수가 되길 거부한다면 무력으로라도 테이밍하면 될 일이다.

그러지 않길 바라야겠지만.

"열흘 뒤. 황산으로 찾아가겠다."

전율의 말에 주작은 그가 자신을 믿어주고 있다는 걸 알았다.

자존심이 센 주작인지라, 의심 없이 얘기하는 전율 덕분에 기분이 좋아졌다.

"그럼 이제는 제가 나설 차례인갑쇼?"

환이 가슴을 당당히 펴고 나섰다.

주작은 그런 환에게 인자한 음성으로 말했다.

"환이여. 바로 사방신 회동을 알리거라."

"알겠습니다요!"

대답을 한 환이 그 자리에 털썩 주저앉았다.

그러고는 눈을 질끈 감고 미동도 없이 시간을 보냈다.

전율은 그 시간이 조금 지루하고 아까웠지만, 어쩔 수 없이 기다려야 했다.

20여 분이 흐르고 나서 환은 드디어 눈을 떴다.

그에게 주작이 말을 걸었다.

"회동을 알렸느냐."

"당연히 그랬습죠! 사방신들께서는 오늘 자정 전까지 황산으로 모이겠다 말씀하셨습니다요!"

"알겠다."

주작과 대화를 마무리 지은 환에게 전율이 물었다.

"이제 네 할 일은 다 끝난 건가?"

"그렇습죠! 헤헤헤."

"봉인, 환."

아무 생각 없이 웃고 있던 환은 빛으로 환해 전율의 이마 속으로 스며들었다.

다시 전투의 상흔이 가득한 산어귀엔 전율과 주작만이 남게 되었다.

"주작."

"왜 부르는가."

"최대한 네 의견을 관철시켜서 모두 내 소환수가 될 수 있도록 해줘. 그게 어긋나면 정말 힘들어지거든."

"최선을 다하겠다."

"믿고 간다."

주작은 이미 전율을 크게 신뢰하고 있었다.

처음엔 그가 제 앞가림도 못 하는 어설픈 인간이라 판단했으나 아니었다.

그에게는 세상의 멸망을 걱정하며 그에 맞설 만한 힘이 있었다.

그리고 주작의 판단으로 보건대, 다른 사방신이 그에게 힘을 빌려주는 것이 앞으로의 위기에 분명 큰 도움이 될 것이라 믿었다.

때문에 사방신 회동에서 주작은 다른 사방신들의 의견에 쉬이 놀아날 생각이 없었다.

이번엔 어떻게든 자신의 의견을 관철시키리라 마음먹었다.

그런 주작의 진심은 전율에게도 충분히 전해졌다.

전율이 눈을 감고 자신의 방을 떠올렸다. 그리고 시전어를 읊조렸다.

"텔레포트."

팟—

환한 빛 무리가 전율의 몸에서 일었다. 아름답게 일렁이던

빛 무리는 그의 전신을 감쌌다. 이윽고 그는 빛과 함께 사라졌다.

"나도 움직여야겠군."

주작이 날개를 펴고 높이 날아올랐다.

그는 황산을 향해 비행했다.

＊　　　　＊　　　　＊

전율의 방엔 아무도 없었다.

고요함과 적막함만 감돌았다.

그때 정적을 깨며 전율의 모습이 방 안에 나타났다.

"후우."

전율은 새로 이사한 저택의 2층에 자신의 방을 두고 혼자 살고 있었다.

가족들은 어지간하면 전율의 방에 들어가지 않았다.

전율이 자신에게도 개인적인 시간이 필요했다고 선포했기 때문이다.

물론 전생에서처럼 만년 깡패 짓만 하는 양아치였다면 가족들이 전율의 말을 들어줄 리 없었다.

하나, 지금의 전율은 무너져 가던 가정을 일으켜 세운 영웅이었다.

그의 말은 집안에서 곧 법처럼 지켜졌다.

방에 들어온 전율은 무심코 시선을 내렸다가 화들짝 놀라 신발을 벗었다.

"깜빡했군."

텔레포트를 그의 방 안으로 해버렸으니 신발을 신은 채 들어와 버리고 만 것이다.

전율이 침대에 걸터앉았다.

"사방신 일은 이제 주작에게 맡겨놓으면 되고… 남은 건 용식 형님인데……."

용식은 오늘 밤까지는 연락을 주겠다고 했다.

아직 밤이 되려면 몇 시간이 더 남았다.

그 시간을 허투루 사용할 수는 없다.

전율은 집에서 나와 늘 운동을 하는 산으로 향했다.

처음부터 전력으로 달려 산을 올랐다.

도착한 공터에서는 평소 하던 대로 웨이트를 했다. 무려 두 시간 동안 전율은 한 번도 쉬지 않고 계속해서 근육들을 괴롭혔다.

오러의 랭크가 오를수록 같은 운동을 해도 더욱 큰 효과를 볼 수 있었다.

때문에 몸을 단련하는 재미가 쏠쏠했다.

잠깐 휴식을 취한 전율이 다시 웨이트를 하려 했다.

그런데 그때였다.

지이이이이잉—

스마트폰에서 진동이 울렸다.

발신자는 용식이었다.

Chapter 45.
최면의 힘

"여보세요."

―어~ 율아. 내 목소리 듣고 싶었지?

용식이 너스레를 떨었다.

"네. 많이 듣고 싶었네요."

―으하하하! 그럴 줄 알았다. 흥신소 놈들이 웃돈 좀 얹어 주니까 빠릿빠릿하게 움직이더라고! 역시 사람 엉덩이 가볍게 만드는 데 돈만 한 게 없다니까?

"벌써 그 사람들 주소지 다 알아냈습니까?"

―그래! 한 명도 빠짐없이 싸그리 알아냈다!

"고생하셨어요."

―고생은 무슨! 지금 어디냐?

"집 근처 산입니다."

―산? 이 자식이 남한테는 일 시켜놓고 지는 한가하게 등산이나 하고 있었다 이거야?

용식이 평소답지 않게 전율 앞에서 목청을 높였다.

전율이 쿵짝을 맞춰주니 저도 모르게 신이 난 것이다.

하지만 정도가 지나치면…….

"형님, 자꾸 헛소리하실래요? 내일부터 제 얼굴 편하게 보기 싫으십니까?"

―아, 아니 그게 아니라……. 미, 미안하다.

화가 되는 법이다.

용식은 바로 꼬리를 말았다.

―아, 아무튼 주소록 문자로 찍어 보낼까? 아니면 네가 가지러 올래?

"문자로 보내주세요."

―알았다. 당장 보낼게!

전화 통화가 끝나고 나서 얼마 지나지 않아 용식이 문자 하나를 보냈다.

거기엔 이능력자들의 이름과 그들이 사는 주소가 적혀 있었다.

서울, 부산, 대구, 광주, 제주도 등등, 사는 지역들도 다양했다.

"어디부터 가는 게 좋을까."

고민하던 전율은 89년생 이건부터 만나보기로 했다.

전율보다 한 살 밑인 데다가 남자라서 대화가 가장 편할 것 같았다.

그가 이건의 주소를 살폈다.

"경기도 남양주시 일패동 27─8번지."

주소를 읊조리는 순간 그 지역의 모습이 선명하게 머릿속으로 떠올랐다.

이건이 사는 곳은 낮은 산속 공터에 만들어진 작은 동네였다.

"그럼 갈 준비를 해야겠군."

전율이 바쁘게 집으로 향했다.

*   *   *

오늘 하루 동안 전율이 마스터 콜에 접속한 횟수는 총 네 번이었다.

그는 아직 한 번 더 마스터 콜을 이용할 수 있었다.

전율은 우선 땀이 난 몸을 깨끗하게 씻어낸 뒤, 방에 들어와 침대에 누웠다.

"마스터 콜."

그가 마스터 콜에 접속해 지하 12층의 필드로 들어섰다.

물론 이번에도 가볍게 퀘스트를 클리어했다.

이번에 얻은 마나 하트의 조각은 128개였다.

전율을 포함해 총 129명의 모험자가 필드에 동시 접속했고, 아무도 전율과 동맹을 맺으려 하지 않았다.

결국 모두 전율의 손에 죽었다.

전율은 인피니트 백에 마나 하트의 조각을 모두 챙겨 넣었다.

이번에 얻은 마나 하트의 조각은 전율이 먹을 게 아니었다. 그가 만나게 될 이능력자들에게 먹일 것이었다.

외출복을 입고 인피니트 백을 등에 멘 뒤, 집 밖으로 나온 전율이 다시 산으로 갔다.

그리고 이건의 동네를 떠올린 뒤, 마법을 시전했다.

"텔레포트."

텔레포트 마법이 발동되며, 전율이 감쪽같이 사라졌다.

＊　　　＊　　　＊

이건의 집은 인적조차 드문 외진 곳에 자리해 있었다.

가장 가까운 전철역인 도농역에서 내려도 한참을 걸어가야 한다.

그나마 버스 정류장이 집에서 가까운 편이었는데, 상대적으로 그렇다는 것이다.

버스 정류장에서도 낡은 구멍가게 옆에 난 시멘트 길을 십오 분은 걸어야 집에 도착할 수 있었다.

길을 따라 양옆으로는 넓은 논밭이 펼쳐져 있다. 계속해서 앞으로 가다 보면 두 갈래 길이 나오는데, 오른쪽은 산으로, 왼쪽은 다른 동네로 이어진다.

특히 산으로 향하는 길은 돌멩이가 가득한 비포장도로인데, 그곳으로 방향을 잡아야 이건의 동네가 나왔다.

이건의 동네는 총 다섯 가구가 비닐하우스로 집을 짓고 사는 동네로, 그중 세 가구는 애완견 장사를 하고 있었다.

그리고 이건의 가족이 그 세 가구 중 하나였다.

이건의 부모님도 애완견 장사를 하는 분들이었다.

부모님은 늘 애완견을 사람보다 더 애지중지했다.

애완견만을 위한 비닐하우스를 큼직하게 따로 지어놓고 그 안에서 성견을 딱 스무 마리만 키웠다.

하나같이 좋은 품종의 애완견인 데다가 잘 돌봐주어서 건강 상태도 괜찮았다.

좋은 걸 먹이고, 산책을 시키고, 잘 씻겨줬다.

훈련도 게을리하지 않았다.

사람의 사랑을 듬뿍 받고 자란 애완견들은 그만큼 똑똑했다.

이건의 가족이 키우는 애완견들은 하나같이 건강하고 잘생겼고 명석했다.

그렇다 보니 몇 녀석은 아질리티 대회에 나가 우승 트로피를 거머쥐었고, 또 몇 녀석들은 아름다운 애완견을 뽑은 뷰티독스 쇼에 나가 당당히 입상을 하기도 했다.

이런 대회에서 얻은 상금은 고스란히 가족의 생활비가 되었다.

아울러 품종이 좋은 개의 씨앗은 비싸게 팔린다.

발정 난 암컷을 데리고 있는 견주들이 소문을 듣고 찾아와 짝짓기를 원하는 경우가 종종 있었다.

그런 경우 한 번 짝짓기를 하는 데 받는 돈이 최소 백만 원이었다.

뿐인가?

이건의 가족이 키우는 모견이 새끼라도 낳게 되면 두당 최고 수백에까지 분양이 되었다.

때문에 이건의 가족은 애완견을 금이야 옥이야 하며 돌봤다.

그게 이건은 불만이었다.

오늘처럼 가족들이 다 집을 비운 날이면 자신이 혼자서 애완견들을 돌봐야 했기 때문이다.

오후 네 시.

이미 낮부터 강제적으로 시작된 노동에 이건은 완전히 녹초가 되어 있었다.

그는 산책을 시킨 시베리안 허스키 세 마리를 비닐하우스 안에다 넣어놓고 땅바닥에 털푸덕 주저앉았다.

"이건 아니야… 내가 애완견 뒤치다꺼리나 하다가 죽을 팔자는 아니라고."

이건은 고개를 절레절레 저었다.

"이럴 줄 알았으면 공부라도 해볼 걸 그랬나?"

공부와는 그다지 친하지 않은 인생이었다.

만년 반 꼴지에 책을 봐야 하는 수업 시간엔 무조건 잠들었다.

그가 초중고 시절을 통틀어서 멀쩡한 정신으로 있었던 건 점심시간과 체육 시간밖에 없었다.

애초부터 공부랑 담을 쌓고 살았다.

그럼에도 이건의 부모님은 그런 그를 나무라지 않았다.

처음엔 그런 부모님이 고마웠다.

아들이 무얼 해도 알아서 잘 먹고살겠지~ 하며 믿어주는 줄 알았다.

그런데 아니었다.

이건의 부모님은 그가 무조건 가업을 잇게 만들 셈이었다.

하지만 이건은 개만 봐도 알러지가 일 정도로 지긋지긋했다.

"방법을 찾아야 돼. 내가 고작 이따위 인생을 살다 간다는 건 말이 안 돼. 이건 아니야. 정말 이건 아니라고."

실의에 빠져 중얼거리는 그의 위로 검은 그림자가 드리워졌다.

"응?"

이건이 고개를 들어 갑자기 나타난 사내, 전율을 바라봤다.

이건은 영업용 미소를 지으며 벌떡 일어섰다.

"어서 오세요! 어쩐 일로 오셨어요? 혹시 강아지 보러 오셨니요? 아니면 짝짓기 때문에?"

그는 전율이 당연히 애완견 문제로 찾아왔다고 생각했다.

그래서 신이 났다.

부모님이 안 계실 때 짝짓기를 시키거나 강아지를 팔아 그 돈을 꿀꺽할 참이었다.

'이건 내 알바비라고, 알바비.'

이건은 두 손을 모아 싹싹 비비며 전율의 눈치를 살폈다.

한데 그의 표정에는 아무런 변화가 없었다.

'잘못 짚었나?'

이건이 혹시나 싶어 다른 걸 물었다.

"둘 다 아니면 성견 분양받으려고 오셨어요?"

이 기회에 저 많은 개들 중 한 마리 정도 팔아버릴까 하는 생각이 들었다.

물론 그랬다가는 부모님 손에 다리몽둥이가 아작이 나겠지만, 지금 이건은 애완견을 돌보는 데 신물이 나, 제대로 된 사고를 할 수 없는 상태였다.

"이건."

"네?"

전율의 입에서 갑자기 자신의 이름이 튀어나오자 이건이 당황했다.

"네가 이건이냐."

이건의 얼굴에서 미소가 싹 사라졌다.

"맞긴 맞는데… 왜 반말이세요? 그리고 내 이름은 어떻게 알았데?"

"난 전율이라고 한다."

"근데? 댁 뭡니까? 어디서 보냈어요?"

이건이 시비조로 말하며 머리를 굴렸다.

지금은 부모님 대신 애완견이나 보고 있는 처지였지만, 사실 이건은 그가 사는 지역에서 주먹으로 알아주는 사람이었다.

초중고 시절 단 한 번도 학교 짱 자리를 놓친 적이 없었다.

그 때문에 고등학교를 졸업할 즈음엔 조폭들에게서 스카우트 제의도 많이 들어왔었다.

하지만 이건은 그저 주먹을 잘 썼던 것일 뿐, 악한 이는 아니었다.

절대 주먹으로 남을 핍박하며 돈을 벌기는 싫었다.

이건은 전율도 자신을 스카우트하기 위해 어느 조폭 단체에서 보낸 사람인가 싶었다.

"어디서 보낸 건 아니고, 내 의지로 널 찾아왔다."

"나랑 비슷한 연배인 것 같은데 말 좀 그만 놓지?"

이건이 주먹을 말아 쥐었다.

여차하면 얼른 때려눕히고서 상황을 정리할 요량이었다.

그런데 전율이 다짜고짜 황당한 얘기를 늘어놓았다.

"앞으로 11일 후엔 외계 종족이 지구를 침공할 거야."

"뭐?"

"난 지구의 비극적인 미래를 한번 겪어봤고, 그 때문에 이런 SF 영화에서 나올 법한 이야기를 아무렇지 않게 할 수 있는 거다."

"지금 무슨……."

이건이 전율의 말을 끊으려 했다.

하지만 전율은 계속해서 입을 놀렸다.

"그 미래에서 너는 지구를 위해 외계 종족과 싸웠던 영웅

중 한 명이었다. 마나 하트라는 것을 섭취해 초인의 능력을 각성한 이능력자였지. 지금 난 네 힘이 필요하다. 그래서 찾아왔다. 앞으로 닥칠 외계 종족의 침략에 맞서 싸워줬으면 한다."

허무맹랑한 이야기였다.

어디 가서 저런 얘기를 하면 욕먹고 따귀 맞기 딱 좋을 레퍼토리였다.

당연히 이건도 전율의 말이 이상하게만 들렸다.

한데 그건 처음뿐이었다.

갈수록 전율의 말이 그럴 수도 있겠다 싶더니, 나중에는 진짜 우주인이 쳐들어오는 건가? 라는 의구심이 들었다. 그러다 자신이 외계 종족과 싸운 영웅이었다는 대목에서는 가슴까지 뛰었다.

이야기를 다 듣고 난 다음엔 전율의 말을 완전히 믿어버리게 된 이건이었다.

물론 이건이 어딘가 모자라거나 머리에 든 게 없는 단세포라 이런 봉창 두들기는 소리를 믿은 게 아니었다.

전율은 이건에게 말을 하는 내내 스피릿의 기운 중 최면을 전개하고 있었다.

그리고 속으로 계속 암시를 주었다.

이건은 자신의 이야기를 철썩같이 믿게 된다고.

결과는 성공적이었다.

"내가 정말 영웅이었단 말이야?"

이건은 스스로를 판타지 스토리 속 주인공으로 설정해 놓고 눈을 반짝였다.

전율이 그런 이건에게 장단을 맞춰주었다.

"그렇다."

"그쪽은 미래에서 왔기 때문에 이런 사실을 알고 있는 거고? 그래서 영웅인 내 힘이 필요한 거고?"

"맞아."

이건의 시선이 스무 마리의 애완견을 고이 모셔놓은 비닐하우스로 향했다.

'그럼 그렇지. 역시 내가 평생 서 똥개들 뒤치다꺼리나 하고 살 리가 없지! 그래, 이건 아니지! 내가 누군데? 이건이다. 이건! 천하의 이건이라고! 내 인생 사이즈가 아무리 작다고 해도 똥개들 보모 노릇 하다 관 뚜껑 덮는 건 아니란 말이야. 이게 맞는 얘기지. 영웅이라잖아!'

이건이 주먹을 쥐고 부들부들 떨었다.

그 모습을 보며 전율이 생각했다.

'최면의 효과가 상당히 좋군.'

스피릿의 랭크가 6으로 껑충 뛰어오른 덕분이었다.

솔직히 전율도 최면이 이 정도까지 확실하게 먹힐 줄은 몰랐었다.

전율은 이건에게 손을 내밀었다.

"내 동료가 되겠다면 손을 잡아라. 그 즉시 널 이능력자로 각성시켜 줄 테니. 하지만 싫다면 우리의 연은 여기서 끝이다."

이건은 망설임 없이 전율의 손을 맞잡았다.

"외계인 새끼들이 내 고향 지구를 침략하러 온다는데 손가락만 빨고 있을 순 없지. 동료가 되겠어."

"좋은 판단이야."

"그럼 이제 각성인가 뭔가 그것 좀 되게 해줘."

"그 전에."

전율이 다시 최면의 기운을 강하게 흘려보냈다.

이건은 자신의 정신과 마음이 이건에게 지배당하는지도 모르고 그저 그의 두 눈만 지그시 바라보았다.

"이것을 알아둬라. 난 네 동료이기에 앞서 모든 영웅들을 이끌어가는 리더다. 리더의 말은 절대적이며, 나로 인해 각성하게 된 힘은 절대 개인적 이익을 위해 사용해서는 안 된다. 또한 내 명령에 절대 복종해야 한다. 맹세할 수 있겠나?"

이건이 크게 고개를 끄덕였다.

"얼마든지."

전율이 그의 눈동자를 살폈다.

동공 안에 초점이 흐트러져 있었다.

완벽하게 최면에 넘어온 것이다.

'이렇게 해두면 영웅들을 내가 충분히 관리할 수 있게 된다.'

사실 전율은 사람들을 어떻게 구슬려야 하는지 고민이 많았다. 만약 전율의 말을 믿지 않거나, 이능력자가 되기 싫다고 하면 난감한 일이 아닐 수 없었다.

하지만 지구가 멸망할 판에 그들과 씨름을 하며 소비할 시간은 없었다.

그래서 강제적이긴 하지만 최면을 이용해 그들을 각성시키고 관리하기로 했다.

그 첫 번째 타자가 이건이었고, 최면의 힘은 성공적으로 먹혀들었다.

전율이 인피니트 백에서 마나 하트의 조각을 꺼내 이건에게 내밀었다.

"먹어라."

이건이 마나 하트의 조각을 뭐에 홀린 듯 바라보다가 조심스레 넘겨받았다.

푸딩처럼 물컹거리는 게 감촉이 영 기분 나빴다.

이건이 미간을 찌푸리며 전율에게 물었다.

"이게 뭔데?"

"마나 하트라는 것의 조각이다. 섭취하면 넌 이능력자가 될 수 있다."

"으윽, 영 별론데."

이건은 터프하게 생긴 것과 달리 생간이나 천엽 따위의 것들을 잘 먹지 못했다.

그래서 마나 하트를 섭취하는 것이 꺼려졌다.

"꼭 먹어야 돼?"

"그래."

"으."

성격상 하기 싫은 건 때려 죽여도 못 하는 이건이다.

아니, 딱 하나!

부모님 대신 애완견을 돌보는 것 말고, 세상에 태어나서 뭘 억지로 해본 적이 없었다.

마나 하트 역시 정말 먹기 싫었지만, 그보다 이능력자가 되고 싶은 욕심이 더 컸다.

"우웁!"

이건은 코를 틀어막고 입을 쩍 벌려 마나 하트를 쑤셔 넣었다.

그러자 신기하게도 마나 하트는 액체처럼 변해 식도를 타고 꿀꺽꿀꺽 넘어갔다.

"어라? 다 먹었네?"

생각보다 식감이 괜찮았다.

"근데 무슨 이능력이 생긴다는 거야?"

이건이 고개를 갸웃거렸다.

마나 하트를 섭취했건만 특별한 변화가 일어나지 않았다.

사실 마나 하트를 입에 넣으면서도 조금 이상하긴 했다. 왜 자신이 처음 보는 사람의 말을 이렇게까지 신용하는 것이며, 정체 모를 물체를 입속에다 덥석 집어넣은 것인지 지금도 이해가 되지 않았다.

평소의 그였다면 절대 하지 않았을 행동이었다.

그런데 지금은 일말의 의심도 없이 전율을 전적으로 믿고 있었다.

"진짜 알 수가 없네."

이건이 뒤통수를 벅벅 긁었다.

한데 그때였다.

뱃속에서 청아하고 맑은 기운의 덩어리 같은 게 느껴졌다.

"어?"

그것은 곧 이건의 몸 전신으로 퍼져 나가 세포 하나하나에 스며들었다.

"뭔가가 느껴지나?"

전율이 묻자 이건이 미묘한 표정을 지었다.

"뭐라고 설명하기가 힘든데. 근데 하여튼 이상한 기운 같은 게 느껴지긴 했어. 이거 뭐야?"

"몸의 변화 같은 게 느껴지지는 않아?"

"변화? 글쎄 딱히……."

말을 하며 이건은 무심코 볼을 긁었다. 그런데.

까가각. 까각.

"윽!"

쇠 긁는 소리에 화들짝 놀란 이건이 자기 손을 바라보았다.

"허걱!"

그리고 화들짝 놀랐다. 그의 손이 검은 쇳덩이로 변해 있었다. 손뿐만 아니었다. 손이 닿았던 뺨도 쇳덩이처럼 단단했다.

"이, 이거 왜 이래?"

이건이 소매를 휙 걷었다.

팔목은 물론이고 팔 전체가 쇳덩이였다.

이건은 아예 상의를 벗어 던졌다. 가슴도, 복부도 온통 쇳덩가가 되어버린 상태였다.

"이런 시발, 내가 아이언 맨이야?"

그의 능력은 온몸을 강철로 변화시키는 것이었다.

마법 계열이라기보단 육체 강화 계열로 볼 수 있었다.

하지만 그건 오러와는 다른 힘이었다.

말 그대로 가장 이능력다운 이능력, 초능력을 얻게 된 것이다.

"이런 미친. 평생 이딴 몸으로 어떻게 살아?"

변해 버린 모습에 절망하던 이건은 갑자기 바지 속을 슬쩍 들여다봤다. 그러더니 실실 웃었다.

"뭐, 꼭 나쁜 것만은 아니네."

한데 갑자기 강철화되었던 육신이 원래대로 돌아왔다.

"엇?! 이거 왜 이래?"

이건은 당황해서 자신의 몸을 마구 어루만졌다.

그 현상에 대해서는 전율이 설명해 주었다.

"넌 마나 하트를 섭취해 이능력자가 되었다. 방금 것은 네가 갖게 된 이능력이 무엇인지 네게 알려준 거라고 생각하면 된다."

"아, 그린 거야? 난 또 능력이 사라진 줄 알고 놀랐네. 그럼 내 능력의 이름은 뭐… 강철맨! 정도 되는 건가?"

"강철화… 정도로 하지."

"강철화. 꼭 사람 이름 같네. 철화야~ 키킥."

전율이 속으로 한숨을 쉬었다.

노는 꼬라지가 아직도 세상 분간 못 하는 고딩 같았다.

저런 녀석이 과연 진지하게 외계 종족과 맞서 싸울 수 있을지 벌써부터 걱정이었다.

"근데 조금 전의 그 능력 다시 사용하려면 어떻게 해야 돼?"

"몸이 강철화되었을 때, 확연하게 포착한 느낌 같은 게 있을 거다."

"아, 있었지."

"그걸 떠올려라."

"그걸로 끝?"

"어서 해봐."

이건은 전율이 시키는 대로 했다. 그러자 정말 전신이 다시 강철화되었다.

"오오!"

탄성을 자아낸 이건이 강철화를 풀더니 이번엔 오른손을 뚫어져라 노려봤다. 그러자 오른손만 강철로 변했다.

"오호라, 일부분만 강철화하는 것도 가능하다 이거지?"

전율은 생각보다 이건이 멍청한 인간은 아니라는 걸 알았다.

그는 전율이 해준 조언 한 가지만으로 그 자리에서 응용법을 알아냈다.

"그렇다면!"

이건이 바지를 들춰서 속을 들여다보며 소리쳤다.

"고추만! 오, 된다! 여자들 다 죽었어!"

…아니, 그냥 멍청한 인간인 걸로 전율은 결정 내렸다.

이건은 바지 밴드를 탁 놓으며 물었다.

"이제 난 뭘 하면 돼?"

"우선은 내가 따로 연락할 때까지 기다려. 오래 걸리진 않을 거다. 오늘 중으로 연락이 갈 거야."

전율이 이건에게 스마트폰을 내밀었다.

이건은 그것을 낼름 받으며 좋아했다.

"영웅이 된 기념으로 주는 거야? 근데 최신형이 아니네?"

"번호 찍으라고."

"아."

이건이 전율의 스마트폰에다가 자신의 번호를 찍었다.

"연락하면 꼭 받아라."

이건은 사실 누군가 자신에게 명령조로 말하는 걸 싫어한다.

그런데 전율의 밀엔 이상하게 거부감이 들지 않았다. 이 모든 건 그가 최면에 걸렸기 때문이었다.

그러나 그는 자신이 최면에 걸린 상태라는 걸 전혀 인지하지 못하고 있었다.

"간다."

"잠깐만!"

이건이 전율을 불러 세웠다.

"왜?"

"전율이라고 했나? 네 능력은 뭐야?"

전율이 씩 웃으며 시전어를 외쳤다.

"텔레포트."

그의 모습이 거짓말처럼 사라졌다.

이건이 귀신에라도 홀린 듯 멍한 얼굴로 중얼거렸다.

"짱이다……."

                    *   *   *

다음으로 전율이 찾아간 사람은 김기혜였다.

김기혜는 전율보다 한 살 많은 여인으로 건대입구역 근처에서 원룸을 얻어 생활하는 강원도 속초 출신이었다.

지금은 수험생들을 상대로 논술 인터넷 강의를 하며 생활을 하는 중이었다.

전율이 그녀의 원룸 건물 앞에 찾아가 초인종을 눌렀다.

하지만 사람이 없는 건지 아무런 대답이 들려오지 않았다.

전율이 가장 걱정했던 상황이었다.

집 주소만 아는데 다른 곳에 있다면 만나기가 힘드니 말이다. 그렇다고 마냥 기다릴 수는 없었다. 이럴 때는 다른 사람부터 만나고 다시 돌아오는 게 나았다.

전율은 혹시 몰라 한 번 더 초인종을 눌렀다.

그런데 마침 20대 여인 한 명이 다가와 전율에게 물었다.

"몇 호 가시려구요?"

여인은 밝은 갈색으로 염색한 긴 생머리에 이목구비가 큼직큼직했으며 제법 예쁘장하게 생겼다.

"203호 가려는데요."

전율이 대답하자 여인이 박수를 짝! 쳤다.

"어머, 저도 거기 가려고 했는데."

"아는 사람 집입니까?"

"우리 집인데요."

여인이 생글생글 웃으며 대답했다.

"그럼… 김기혜 씨?"

"저 찾아오셨어요?"

"네."

"왜요? 제 기억 속엔 그쪽이 없습니다만. 아, 혹시!"

김기혜가 검지로 전율을 가리키며 소리쳤다.

"기억도 까마득한 아주 어린 시절 날 짝사랑했었는데, 잊지 못하고 그리워만 하다가 크게 성공해서 백마 탄 왕자님처럼 날 찾아온 사람?"

전율은 이 여인이 농담을 하는 건가 싶었는데, 표정이 매우 진지했다.

농담이 아니었다.

"아닙니다."

전율이 고개를 저었다.

그러자 김기혜는 진심으로 실망하여 한숨을 푹 쉬었다.

"하아, 신데렐라 스토리처럼 팔자 펴보나 했는데, 꽝이었네요. 그럼 왜 찾아온 건데요? 저 돈 없어요. 다단계는 예전에 뭣 모르고 가입했다가 호되게 당한 이후로 근처에도 얼씬 안하구요. 하나님도 안 믿어요. 전도는 할 생각 말아요. 안녕히 가세요."

말을 하며 김기혜는 빠른 속도로 건물 비밀번호를 누르고서 바람처럼 전율을 지나쳐 복도로 들어서려 했다.

그런 김기혜의 팔을 전율이 덥석 잡았다.

"왜요?"

"방문 판매원도 아니고, 전도하러 온 것도 아닙니다."

"맞다! 근데 제 이름이랑 우리 집 주소는 어떻게 알았어요? 뒷조사한 거예요?"

김기혜가 불쾌해서 따지는 것 같았다.

하지만 전율은 거짓을 말하기 싫어 고개를 끄덕였다. 그에 돌아온 김기혜의 대답이 가관이었다.

"그거 얼마나 해요? 흥신소 같은 데 의뢰하면 되는 거죠? 실은 중학교 동창 중에 엄청 성공한 남자애가 있는데, 연락처를 모르겠어요. 동창회에도 안 나와서 그냥 성공했다는 얘기만 소문으로 들었거든요. 비싸요, 흥신소?"

전율은 확신했다.

그녀는 이건만큼이나 정신이 좀 나가 있는 사람이었다.

이래저래 말을 많이 섞으면 피곤해질 것 같아 전율은 바로 최면의 힘을 사용했다.

전율에게 고정되어 있던 그녀의 눈동자가 흐릿해졌다.

의식을 전율에게 지배당한 것이다.

이후는 쉬웠다.

이건에게 했던 얘기를 그대로 들려주고 마나 하트를 내밀었다.

이건이 그랬던 것처럼 김기혜는 자신이 왜 전율의 말을 믿는지도 모른 채, 백 퍼센트 신뢰했다.

그녀가 마나 하트를 넘겨받아 삼키더니 감상을 말했다.

"으액. 푸딩 같을 줄 알았는데, 콧물 같아요. 근데 이거 먹으면 정말 초능력 같은 게 생기는 거에요?"

"이제 생길 겁니다."

"오오, 그렇군. 그렇군."

전율의 말에 김기혜가 두 손을 꼭 잡고 가슴께에 모으더니 황홀한 시선으로 하늘을 바라봤다.

"돈이 하늘에서 막 떨어지는 능력 같은 거 생겼으면 좋겠다! 아니면 세상에 있는 맛있는 음식들을 원할 때마다 나타나게 할 수 있는 능력이라든가!"

그녀가 원하는 두 능력의 갭이 커도 너무 컸다.

"그런 능력은 아마 안 생길 겁니다."

"으아닛!"

허튼 공상에 사로잡힌 김기혜가 놀라 입을 쩍 벌렸다.

그때, 마나 하트의 기운이 그녀의 전신으로 퍼져 나갔다.

"어? 방금 몸속에서 뭔가가 짜르르했어요. 흐앗. 기분이 이 상하다는!"

전율은 그녀의 육신에 어떠한 변화가 있는지 살폈다.

하지만 아무런 변화도 없었다.

강렬한 마나나 오러가 느껴지는 것도 아니었다.

그렇다는 건 이건처럼 마나, 오러, 스피릿이 아닌 또 다른 힘, 초능력을 얻었다는 얘기다.

전율의 신안으로 보이는 그녀의 푸른 기운이 전보다 훨씬 거대해져 있었다.

"기혜 씨. 뭔가 느껴지는 게 없습니까?"

"계속 몸속에서 느끼고 있는데요? 아, 방금 사라졌다. 이거 뭐에요?"

"이능력자가 된 겁니다. 한데 어떤 능력을 갖게 된 건지 모르겠군요."

"뭐지?"

마나 하트가 일깨워 주는 능력은 보통 사람이 갖고 있는 가장 큰 잠재 능력을 끌어내 주는 경우가 많았다.

이건이 강철화의 능력을 갖게 된 건 그가 가진 잠재 능력 중 육신의 강인함이 가장 뛰어났기 때문이다.

마찬가지로 김기혜도 비슷한 맥락으로 각성을 했을 것이다.

"기혜 씨가 남들보다 뛰어난 능력이 뭡니까?"

"짱구에 나오는 대사 다 기억해요. 아무리 바빠도 일본 애니메이션 꼬박꼬박 찾아 봐요. 야동도 잘 찾구……."

갈수록 태산이다, 이 여자.

"그런 거 말고는 없습니까? 남들이 얘기하는 기혜 씨의 장점이라든가?"

김기혜가 입술에 검지를 갖다 대고 곰곰이 생각에 빠졌다. 그러다가 뭔가 떠오른 듯 손가락을 딱 튕겼다.

"아! 빨리 배운대요. 뭘 배우든 남들보다 빠르다고 했었어요."

"빨리 배운다?"

전율은 혹시나 싶어서 그녀의 손을 잡고 마나의 기운을 흘려보냈다.

마나는 마법을 사용하기 위한 근간이 되는 힘이다.

마나라는 것은 선천적으로 마나친화력을 가지고 태어나지 않는 이상 느끼기 힘들다.

설사 느낀다고 하더라도, 그 마나를 심장에 갈무리해 마법사가 되는 것 역시 낙타가 바늘구멍에 들어가는 것만큼 어려운 일이었다.

전율은 마나를 흘려보내며, 김기혜의 눈치를 살폈다.

그런데 그녀가 볼이 붉게 상기된 채, 코를 살짝 벌름거리고 있는 게 아닌가.

"뭐 합니까?"

"아니, 남자랑 손잡은 게 너무 오랜만이라 흥분돼 가지고. 흐아아."

"그런 거에 집중하지 말고. 뭐가 느껴집니까?"

"손잡을 때부터 느껴지니까 흥분했죠."

전율이 한숨을 푹 쉬었다.

"그런 감정 말고 말입니다. 마나 하트를 먹었을 때처럼 몸 안에서 이질적인 기운이 느껴지지 않느냔 말입니다."

"아? 이거 손잡아서 제가 흥분한 거 아니었어요? 이게 뭔데요?"

김기혜는 마나의 기운을 느끼고 있었다.

물론 전율이 일부러 거대한 마나의 기운을 흘려 넣긴 했다. 하지만 그래도 마나친화력이 없으면 마나를 감지하지 못한다.

하나 김기혜는 이를 감지했다.

전율이 마나의 기운을 거두어들인 뒤 손을 놓고 다시 물었다.

"이번엔 기혜 씨의 내면이 아닌 주변에 집중해 보세요. 방금 몸 안에서 느꼈던 것과 비슷한 기운이 느껴집니까?"

김기혜가 눈을 감고 집중하다가 고개를 끄덕였다.

"네. 되게되게 약한데, 느껴지긴 하네요."

'역시!'

전율은 감탄했다.

김기혜의 능력은 무엇이든 빠르게 익히고 배울 수 있는 것이었다.

"방금 기혜 씨가 느낀 게 마나라는 겁니다. 쉽게 말하자면 대자연의 기운이죠."

김기혜가 한숨 쉬며 발로 애꿏은 땅을 톡톡 찼다.

"대자연의 기운보다 백마 탄 왕자님의 기운이나 느끼고 싶은데."

"기혜 씨, 지금부터 집중하세요."

"아까부터 집중하고 있었다는. 티가 잘 안 나서 그렇지."

전율은 김기혜에게 혹시나 싶어 마나 사이펀의 요령에 대해 설명해 주었다.

김기혜는 그 말을 듣더니 바로 눈을 감고 당장 마나 사이펀을 했다.

그렇게 한 시간 무렵이 흐른 뒤 눈을 뜬 김기혜가 왼쪽 가슴을 지그시 누르며 말했다.

"오왓! 시키는 대로 했더니 여기에 뭔가가 생겼어요!"

"혹시, 그게 생길 때 작은 회오리 같은 것이 일었었습니까?"

"네. 휘우우웅~ 하고. 막."

'말도 안 돼… 1서클!'

전율은 놀람을 금치 못했다.

김기혜는 전율에게 마나에 대해 알고 난 뒤, 1서클의 반열에 오르는 데 고작 1시간이 걸렸다.

그야말로 경악을 금치 못할 속도였다.

"이게 뭐예요? 뭐 엄청난 거예요?"

김기혜는 자신이 뭘 한 건지도 모른 채 어리둥절했다.

전율은 혹시나 그녀가 이상한 짓을 저지를지도 몰라 마법이라는 건 알려주지 않았다.

그녀의 엉뚱한 성격으로 봤을 때, 누군가 곁에서 제재하지 않으면 마법을 마음 가는 대로 막 쓰고 돌아다닐 공산이 컸다.

"그건 나중에 말해주겠습니다."

전율이 김기혜에게 스마트폰을 내밀었다.

이를 본 김기혜의 눈이 반짝거리며 빛났다.

"드리는 거 아닙니다. 번호 찍으세요."

"아……"

김기혜가 대놓고 실망해서 번호를 찍었다.

어째 하나같이 스마트폰만 내밀면 주는 건 줄 아는지 모르겠다.

"오늘 중으로 연락할 테니 꼭 받아야 합니다."

"글쎄요. 어쩐지 못 받을지도⋯⋯."

"이후에 무슨 일이 있습니까?"

"곧 저녁땐데⋯ 배도 고프고, 갑자기 집 앞에 칼국수집에서 엄청 맛있는 칼국수가 먹고 싶어졌어요. 그거 못 먹으면 스트 레스받아서 하루 종일 괴로워하다가 전화고 뭐고 다 안 받을 것 같은 예감이 들어서요."

말도 안 되는 소리였지만, 전율은 지끈거리는 머리를 참아 가며 오만 원짜리 지폐를 꺼내 그녀에게 건넸다.

"엑? 이건 으, 은혜로우신 오만 원 님 아니세요? 신사임당 언니 얼굴 본 시 뇌게 오래됐었는데. 정말 반갑습니다, 언니. 그간 별일 없으셨죠? 아들내미 석봉이는 잘 지내나요?"

신사임당 아들은 한석봉이 아니라 율곡 이이다.

"월급이 입금되면 이상하게 그날 다 써버리게 되더라구요. 흐이잉~ 얼마나 그리웠는지 몰라요, 언니!"

김기혜는 신사임당의 뺨에 입을 맞추더니 아이처럼 두 손에 꽉 쥐고 신나했다.

"헤헤, 감사합니다~! 이제 보니 좋은 대표님이셨네요?"

"대표님?"

전율이 의아해서 되물었다.

"돈 주면 대표님이죠, 뭐. 그럼 저는 얼른 칼국수 먹어야 하니까 안녕히 가세요!"

김기혜가 바람처럼 사라졌다.

전율은 고개를 절레절레 젓고서 다른 곳으로 텔레포트했다.

                    *   *   *

밤 10시.

집으로 돌아온 전율은 침대에 널브러졌다.

"후우. 보통 일이 아니군."

사람들 한 명 한 명을 일일이 만나 같은 말을 반복해야 한다는 게 제법 에너지가 소모되는 일이었다.

방문 판매원들의 고초가 새삼 느껴지는 전율이었다.

아무튼 전율은 명단을 넘겨받은 모든 이를 만나 최면을 걸어 이능력자로 만들었다.

전율이 펜과 종이를 꺼내 사람의 이름을 적고 그 옆에 초능력을 기재했다.

견우리─버서커. 조하영─매혹. 이건─강철화. 김기혜─광속학(光束學). 유지광─무형검. 설열음─빙결 마법. 장도민─배리어. 루채하—초음속. 진태군—화염 마법. 이서진—중력 제어. 장철수—생령 흡수.

　견우리는 올해 20살의 여자였다.

　고등학교 졸업 후 어디 한 군데 취직할 수 있는 스펙이 되지 않아 알바만 전전하면서 스트레스를 받은 덕분인지 조울증이 심했다.

　그녀의 능력은 버서커.

　전체적으로 신체적 능력이 일반인보다 월등히 좋아졌고, 그녀가 마음을 먹으면 딱 5분 동안 그보다 열 배 이상 강력한 힘을 발휘할 수 있었다.

　그것이 바로 버서커 모드였다.

　하나, 여기엔 후유증이 따랐다.

　버서커 모드가 끝나면 일반인과 다름없는 상태로 10분을 보내야 했다.

　외계 종족에 맞서 싸워야 하는 입장에서 이건 심각한 아킬레스건이 될 수 있었다.

　한데 다행히도 능력자들 중엔 장도민이 있었다.

　그는 27살의 신경질적인 외모를 가진 사내로, 작은 간판 회사를 운영하는 사장이었다.

　생긴 것처럼 성질도 사납고 입도 거칠었다.

하지만 그런 외면과 달리 내면은 누구보다 의리 있고, 자기 사람들을 지키려 하는 사내다운 이였다.

그 덕분인지 장도민은 배리어라는 이능력을 얻게 되었다.

배리어는 푸른빛의 막을 일으켜 10미터 이내의 있는 이들을 100톤의 충격에서도 지키게끔 해줬다.

물론 그 배리어의 자세한 내구성에 대해서는 마더가 판별해 주었다. 전율이 본다고 그것이 몇 톤까지의 내구성을 견디는지 어떤지 알 수 없기 때문이다.

마더는 전율이 주먹으로 배리어를 강하게 한번 쳐 보는 것만으로 바로 이를 판단해 냈다.

다음으로 조하영은 견우리와 동갑내기 사회 새내기였다. 그녀는 머리끝부터 발끝까지 섹시로 중무장을 한 듯한 여인이었다.

아직 어린 나이인데도 전신에서 사람을 유혹하는 기운이 농밀하게 흘러나왔다.

말투 하나, 작은 손짓 한 번에도 상대방의 마음을 흔들 수 있는 대단한 여인이었다.

딱히 하는 일이 없는데도 그녀를 따라다니는 남자들이 밥 사줘, 옷 사줘, 영화 보여줘, 유원지 데려가 줘, 용돈 쥐어줘, 게다가 선물 공세까지 펼쳐 대니 부족할 게 하나도 없었다.

얼마 전에는 작은 경차까지도 선물로 받은 그녀였다.

몸에도 온통 비싼 신상으로 도배를 했는데 무엇 하나 조하영의 돈으로 산 게 없었다.

그 때문인지 조하영이 얻게 된 능력은 매혹이었다.

살아 있는 생명체를 유혹해서 자기 말을 듣게 만드는 힘이다.

최면과 달리 매혹은 힘에서 풀려나면 자신이 이상한 기운에 조종당했다는 것을 기억하게 된다.

매혹을 단일 개체에게 지속적으로 사용할 수 있는 최대 시간은 1시간.

매혹해야 하는 개체수가 많아지면 그만큼 사용 시간도 줄어들게 된다.

조하영은 매혹을 전율이 보는 앞에서 동네 길냥이들에게 사용해 이러한 사실을 알아내었다.

다음으로 유지광은 25살의 헤드 셰프였다.

상당히 어린 나이에 헤드 셰프가 되어 작은 레스토랑에서 일을 하고 있는 그는 당연 칼을 잘 사용했다.

그로 인해 그는 무형검이라는 능력을 얻게 됐다.

초능력을 발휘하면 그의 손에 무형의 검이 쥐어진다.

타인의 눈에는 아무것도 보이지 않지만 유지광의 눈에는 롱소드와 비슷한 형태의 무형검이 보였다.

유지광은 그것을 기가 막히게 휘둘렀다.

문제는 요리하듯 휘두른다는 것이었다.

그에게는 스토어에서 검법서를 사서 익히게 할 필요가 있었다.

설열음은 유지광과 동갑인 여인으로 미대 4학년생인 미술학도였다.

동양화를 전공한 그녀는 특이하게도 눈 내린 차가운 설원을 주로 그렸다.

그녀는 자신의 그림만큼이나 차가운 인상을 가지고 있었다. 말수가 적었고, 얼굴에서 감정이 전혀 드러나지 않았다.

아무래도 가슴속에 치유 못 한 아픔 같은 것이 있는 모양이었다. 그래서 스스로 감정을 감추며 살아가는 듯했다.

그런 그녀가 각성한 힘은 빙결 계열의 마법이었다.

루채하는 29살임에도 누구보다 춤에 대한 열정이 높은 댄서였다.

그는 한국 최고, 나아가 세계 최고를 꿈꾸는 댄스팀 루즈크루의 리더였고, 창단 멤버였다.

사실 전부터 다른 크루의 영입 제의를 심심찮게 받아왔지만 그는 다 거절해 왔다.

이미 최고인 곳에 들어가기가 싫었다.

그렇다고 남의 팀에 있는 것 역시 성미에 맞지 않았다,

해서 스스로 댄스팀을 꾸려 열심히 달려온 것이다.

그게 벌써 4년째였다.

이제야 비로소 루즈 크루의 앞날에 한 줄기 빛이 비추려 하는 중이었다.

그런 루채하가 얻게 된 능력은 초음속이었다.

그는 댄서이니만큼 몸을 잘 썼다. 한데 그중에서 발을 가장 현란하게 사용했다.

그 덕분에 초음속으로 움직이는 능력을 얻게 된 것이다.

진태군은 31살의 샐러리맨이었다.

올해로 대리 2년 차인 그는 항상 회사 생활에 지쳐 있었다.

자신이 살고 싶은 인생은 다른 이들과 다름없이 평범한 넥타이 부대원 중의 한 명이 아니었다.

그는 작가가 되고 싶었다.

한데 먹고살기 위해서 어쩔 수 없이 회사에 취직했고, 여유가 나면 나중에 글을 쓰자며 하루 이틀 미루다 보니 이제 돌이킬 수 없는 길목에 서 있었다.

하고 싶은 걸 못 하는 삶은 그에게 스트레스 그 자체였다.

게다가 회사 생활도 짜증 났다. 위에서는 쪼고 아래서는 개겼다. 그의 가슴속엔 화만 가득해지고 있었다.

그렇다고 성질을 부릴 수도 없는 노릇이었다. 그가 본 회사 생활 잘한다는 이들은 앞에서 웃고 뒤에서 욕을 했었다.

그 때문인지는 몰라도 진태군이 얻게 된 이능력은 화염 마법이었다.

이서진은 진태군이 그렇게 바라는 작가라는 직업으로 살아가고 있는 32살 남자였다.

나름 밀리언셀러도 몇 권 냈고, 여기저기 강연을 다니기에 부족할 것 없이 잘살고 있었다.

하지만 그에게도 갈증은 있었다.

바로 어렸을 때 다쳤던 오른쪽 다리가 갈증의 원인이었다.

대충 보면 모르지만 이서진은 걸을 때 조금씩 절뚝였다. 그리고 잘 달릴 수가 없었다.

때문에 그는 운동을 싫어했다.

특히 구기 종목들을 환멸했다.

중고등학교 체육 시간은 그에게 지옥이나 다름없었다.

다리가 멀쩡했더라면, 남들처럼 아무렇지 않게 걸을 수 있었더라면.

아니, 그냥 이 세상에 중력이라는 게 사라졌더라면, 그럼 절뚝거리는 모습도 보이지 않을 텐데.

그런 염원이 항상 가슴속에 있었다.

해서 중력을 주제로 한 소설도 몇 권이나 집필해서 출간했었다. 그 소설들은 아이러니하게도 밀리언셀러 반열에 올랐다.

이후부터 이서진 하면, 중력을 소재로 가장 글을 잘 쓰는 작가라는 수식어가 붙었다.

그로 인해 그가 얻게 된 능력은 중력 제어였다.

마지막으로 장철수는 올해 57살의 노인이었다.

가족을 사고로 모두 떠나보내고 홀몸이 되어 외롭게 지내온 그는 자기 몸을 제대로 돌보지 못해 많이 연약해져 있었다.

사실 젊었을 때는 누구보다 자신의 몸을 잘 관리하던 그였다.

매일같이 운동을 게을리하지 않았고, 영양가 있는 식단을 직접 관리해 섭취했으며, 술, 담배는 입에도 대지 않았다.

하지만 소중한 이들의 부재는 그가 인생 자체를 포기하게 만들었다.

그런 그가 각성하며 얻은 능력은 생령 흡수였다.

다인의 생령을 흡수해 스스로의 젊음을 되찾을 수 있는 힘이었다.

그렇게 전율을 제외한 총 11명의 이능력자가 탄생했다.

모두 최면의 힘이 있었기에 가능한 일이었다.

전율은 그들에게 약속한 대로 전화를 돌리려다가 문득 떠오르는 게 있어 마더에게 물었다.

"그런데 마더, 유지연도 한국 사람인데 왜 명단에 없는 거야?"

유지연은 미라클 엠페러 중 한 명으로 뇌전의 기운을 사용하는 마법사였다.

지금 전율이 사용하는 뇌전의 힘이 바로 유지연의 것이었다.

의아해하는 전율에게 마더가 대답했다.

[그녀에 대한 자료는 제외했습니다.]

Chapter 46.
어스 뱅가드(Earth Vanguard)

마더의 말에 전율이 고개를 갸웃거렸다가 이마를 탁 쳤다.

"아, 아직 성인이 아닌가 보군."

[그렇습니다.]

"현재 몇 살이지?"

[열아홉, 고3입니다.]

그나마 다행이었다.

고3이면 이제 반년 후에는 성인이다.

유지연은 훗날 외계 종족과의 싸움에 큰 보탬이 되는 여인이므로 반드시 포섭해야 했다.

전율은 다시 스마트폰을 들고 11명의 이능력자들에게 전화를 걸었다.

그리고 직장이 있는 이들에게 당장 사표를 쓰라 일렀다.

현재 자신의 직장을 가진 이들은 김기혜, 유지광, 장도민, 진태군이었다.

루채하도 댄스팀에서 리더로 일을 하고 있으나 제대로 된 월급을 받으면서 일하는 직장은 아니었다.

수입 활동을 그만두라고 하니 당연히 네 사람은 펄쩍 뛰었다.

특히 자신이 회사의 사장인 장도민은 더욱 더 난리였다.

자신 없이 회사가 돌아가지 못하면 전 직원이 굶어야 하기 때문이었다.

전율은 믿을 만한 후임이나 직원이 없느냐고 물었다.

장도민은 있긴 하지만 아직 자신을 대신할 역량은 안 된다고 대답했다.

결국 전율은 장도민에게만 열흘 정도 휴가를 내라고 했다.

장도민도 그것까지는 거절하지 않았다.

이제 문제는 김기혜, 유지광, 진태군이었다.

그들은 현대 사회를 살아가는 이들이니 당연히 수입이 필요했다.

전율은 그들에게 달에 천만 원을 주겠다고 약속했다.

세 사람 전부 달에 그만한 돈을 벌어본 적이 없었다. 눈이 번쩍 뜨이는 제안이었다.

하지만 그 말이 쉽게 믿어질 리 없었다.

전율이 최면의 힘을 사용하면 또 모르겠으나 전화상으로는 스피릿이 무용지물이었다.

그래서 전율은 그들에게 계좌 번호를 물어, 통화가 끝나자마자 당장 천만 원씩 입금해 주었다.

아울러 직업이 없는 이들에게도 오백씩 입금을 해주었다.

장도민은 일을 그만둔 게 아니고 수입이 충분하니 삼백을 입금했다.

돈을 받은 이들은 깜짝 놀랐다.

전율의 말이 헛소리가 아니었다는 걸 통장의 잔액으로 확인했다.

몇몇은 왜 이렇게까지 하는 것이냐 전율에게 다시 전화해서 물었다.

전율은 자신을 믿고 따라주는 것에 대한 대가라고 답했다.

돈이 입금되고 나니 전율을 대하는 사람들의 태도가 바로 달라졌다.

앞으로 무엇을 하면 되느냐 먼저 문자를 보내오는 이가 절반이었고, 직접 전화를 걸어 고맙다는 인사를 건네는 이도 있었다.

다들 태도가 고분고분해졌다.

돈의 힘은 최면의 힘만큼이나 엄청나다는 걸 새삼 깨닫는 전율이었다.

자본주의 사회에서는 어쩔 수 없는 일이었다.

하나 그 와중에도 돈에 크게 휘둘리지 않는 이도 있었다. 장도민과 이서진이었다.

둘은 돈에 대해 딱히 아쉬울 게 없는 사람들이었다.

하지만 고마운 마음은 분명히 전해왔다.

이제 본격적으로 그가 원하는 걸 이능력자들에게 전할 때였다.

전율은 춘천의 방동리 쪽에 있는 독채 펜션 하나를 다음 날 하루 동안 대여했다.

그리고 이능력자들에게 내일 2시까지 그 펜션으로 오라고 전했다.

만약 시간에 늦거나 오지 않는다면 강제로 끌려오게 되는 수모를 겪을 것이라 말했다.

다행히도 못 간다고 하는 이는 없었다.

모든 일을 마무리한 전율은 그제야 침대에 누워 눈을 감을 수 있었다.

　유난히 바빴던 하루가 마무리되었다.

＊　　　＊　　　＊

　새벽 일찍 일어난 전율은 마스터 콜에 접속했다.

　온통 새하얀 공간 속에 두 개의 문이 눈앞에 나타났다.

　하지만 전율은 어느 쪽 문으로도 들어가지 않고 레모니아를 찾았다.

　"레모니아, 잠깐 대화를 할 수 있을까요?"

　전율의 부탁에 그녀는 바로 모습을 드러냈다.

　"얼마든지요."

　레모니아가 빙긋 웃으며 전율에게 다가왔다.

　"시간 내줘서 감사합니다."

　"저야말로 감사해야 할 판인걸요?"

　"이미 알고 계셨군요."

　"그럼요. 지구에 마스터 콜의 모험가로 적합한 이가 열한 명이나 늘었던걸요? 그런 일을 할 수 있는 이는 전율 님밖에 없죠."

　전율은 레모니아의 말 속에서 그가 듣고 싶어 했던 답을 들었다.

"그들이 마스터 콜의 모험가로 적합하다 했습니까?"

"네. 충분히요. 개개인이 얼마든지 모험가로서 던전을 헤쳐 나갈 수 있는 역량을 지니고 있답니다."

"그렇군요."

"당장 그들에게 모험가의 자격을 내려줄까요?"

전율이 고개를 저었다.

"아니요, 일단 제가 그들을 함께 만나고 난 뒤, 시작하는 게 좋을 것 같습니다. 내일 오후 두 시에 사람들과 만날 겁니다. 그때부터 마스터 콜에 접속할 수 있도록 해주세요."

"알겠어요. 그건 율 님이 편하신 대로 하세요. 하지만 율 님도 아시다시피 지금은 상황이 매우 안 좋답니다. 그럴 의도는 아니있겠지만 전율 님으로 인해 시구의 침공 시기가 앞낭겨질 지도 몰라요."

"충분히 인지하고 있습니다. 그래서 이능력자들 역시 소집한 것이구요."

"지금 전율 님의 수준이라면 1차로 침공하는 외계 종족들을 무난히 막아낼 수 있을 거예요. 문제는 숫자죠."

1차 침공 때 지구를 침략한 외계 종족의 수는 1천여 명이었다.

그들의 무력은 크게 강하지 않았다. 게다가 화기류에도 타격을 입었다. 1천의 외계 종족과 싸워 지구인이 입은 피해는

4만 명의 사망과 한국, 그중에서도 강원도의 춘천부터 시작해 원주까지의 일대가 쑥대밭이 된 정도였다.

1차 침공으로 외계 종족이 나타난 곳이 다름 아닌 강원도 춘천시였기 때문이다.

그중에서도 하필이면 전율이 사는 동네가 침공의 시작점이었다.

그로 인해 안 그래도 엉망이었던 전율의 인생이 더 망가지고 말았다.

당시의 기억을 떠올린 전율의 주먹이 꽉 쥐어졌다.

두 번 다시 똑같은 일이 반복되어서는 안 된다.

"레모니아 님, 만약 외계 종족이 침공이 확실히 된다고 가정할 시, 공습이 지구의 어디서부터 시작될지 알 수는 없습니까?"

"알아낼 수 있어요."

"어디입니까?"

레모니아가 전율을 가리켰다.

"율 님이 있는 곳이겠죠."

"…네?"

"데모니아가 지구를 침략하려 한다면 무엇 때문일까요?"

그 물음으로 모든 것이 설명되었다.

데모니아가 지구를 침략하게 되는 건, 그의 존재가 알려지

게 되는 경우다.

전율은 지구를 감시하던 모라텐족 아리온을 살해했다.

그로 인해 다른 모라텐족 모두는 전율의 존재를 알게 되었고, 이는 곧 데모니아에게 전해질 터였다.

그렇다면 데모니아는 전율을 제1 제거 대상으로 생각할 것이고, 당연히 그가 있는 곳을 첫 번째 침공 타깃으로 정할 게 분명했다.

"무슨 말인지 알겠습니다."

"아마 모라텐족을 막을 수는 없을 거예요. 데모니아는 분명 예정된 시간보다 몇 년이나 앞당겨서 전쟁을 걸어오겠죠. 최대한 인적이 없는 곳으로 가서 그들을 기다리세요. 그리고 처음부터 전력을 다해 싸우세요."

"그럴 겁니다."

"1차 침공을 하는 외계 종족은 '비앙느'예요. 그들은 늘 가장 강한 상대부터 제거하려는 습성이 있죠. 율 님께서 비앙느를 상대로 밀리지 않고 싸운다면, 그들은 율 님이 쓰러지기 전까지 다른 곳으로 시선을 돌리지 않을 거예요. 그들은 강인한 육신을 가졌지만 지적 능력이 매우 떨어지는 종족이죠. 하지만 그래서 까다로울 수도 있어요. 비앙느는 전술 같은 것도 없이 무조건 율 님에게 총공격을 퍼부을 테니까요."

생각해 보면 그랬다.

비앙느들은 전쟁을 벌이는 동안 한데 뭉쳐 흩어지는 법이
없었다. 그리고 위협이 되는 대상에게 집중포화를 퍼부었다.
그 위력이 제법 매서웠다.

하지만 지금의 전율이 감당하지 못할 정도는 아니었다.

레모니아도 그걸 알기에, 주의만 살짝 주고 끝냈다.

"시간 내주셔서 감사합니다. 그만 가보겠습니다."

"오늘은 어디로 가실 거죠? 11층?"

"아니요, 오늘도 12층으로 갈 겁니다. 마나 하트의 조각이
더 필요합니다."

마나 하트의 조각은 많이 섭취할수록 이능력의 힘을 강하
게 만들어준다.

전율은 자신이 이끌어야 하는 이들을 위해 마나 하트의 조
각을 하나라도 더 모을 셈이었다.

"그래요. 건투를 빌게요."

레모니아가 미소와 함께 사라졌다.

전율도 왼쪽 문으로 들어가 지하 12층 필드로 향했다.

*   *   *

오후 2시.

열한 명의 이능력자는 펜션에 모여 어색한 시간을 보내고

있었다.

정작 2시까지 오라던 전율은 30분이나 늦게 도착했다.

그건 전율이 늑장을 부린 게 아니라 계획된 지각이었다.

생전 처음 보는 사람들이, 그것도 열한 명이나 한자리에 모이면 어색한 것이 당연하다.

그 어색함을 허물어갈 시간을 준 것이다.

전율의 계획대로 이능력자들은 그 시간 동안 서로 통성명을 하고, 나이를 밝힌 뒤, 관계를 구축해 나갔다.

이를 주도한 건 다름 아닌 장도민이었다.

그는 회사의 리더여서 그런지 확실히 리더십이 있었다.

루채하나 진태군, 이서진은 장도민보다 나이가 많았다. 하지만 사람을 이끄는 리더십은 당연 장도민이 발군이었다.

루채하 역시 댄스팀의 리더이긴 했지만, 그는 자신의 분야에서 함께하는 이들만 아우를 수 있었다.

장도민처럼 처음 보는 이들을 스스럼없이 대하며 끌어가는 건 힘들었다.

어찌 되었든 장도민 덕분에 이능력자들은 처음의 불편함을 조금 씻어낸 얼굴들이었다.

그런 그들의 앞에 전율이 서 있었다.

"반갑습니다, 여러분. 저는 전율이라고 합니다. 지금부터 여러분은 여태껏 전혀 모르고 살아왔던 세상을 경험하게 될 겁니다."

김기혜가 손을 번쩍 들고 말했다.

"저요! 저요! 딴 세상에 온 것처럼 엄청나게 맛있는 음식 먹고 싶어요!"

"그런 거 아닙니다."

"헐."

김기혜가 시무룩해졌다.

반면 이서진은 핵심을 짚었다.

"마스터 콜이라는 걸 말하는 거군."

"맞습니다."

"마스터 콜?"

"그게 뭐야?"

이서진을 제외한 다른 사람에겐 마스터 콜에 대해 얘기하지 않은 전율이었다.

굳이 이서진에게만 마스터 콜에 대해서 언질을 해놓은 건, 같은 말을 여러 번 하기 귀찮았고 그가 가장 똑똑했기 때문이다.

이서진은 전율이 얘기해 준 마스터 콜의 시스템에 대해 정확히 이해했으며, 이를 다른 이들에게 쉽게 풀어 설명할 능력이 있었다.

전율의 예상대로 이서진은 궁금해하는 다른 이들에게 마스터 콜이 무언지 일목요연하게 설명해 주었다.

전율이 그에게 마스터 콜을 이해시킬 땐 10분이 넘는 시간 동안 떠들어야 했는데, 이서진은 단 5분 만에 모두의 고개가 끄덕이도록 만들었다.

마스터 콜에 대해서 알게 된 장도민이 물었다.

"우리가 그걸 무조건 해야 한다 이거지?"

이에, 전율이 목소리에 힘을 실어 대답했다.

"무조건 해야 합니다. 그래야 여러분이 강해집니다."

그 자리에서 전율의 말은 곧 법이었다.

전부 전율에게 최면이 걸린 상태였기 때문이다.

특히 장도민과 이서진은 내키지 않는 타인의 말을 절대 듣지 않는 타입이었다.

장도민은 리더십이 강했기에 그러했고, 이서진은 냉철하고 이성적이며 머리가 좋았기에 그러했다.

그런 두 사람도 전율이 하는 얘기엔 가타부타 따지고 들지 않았다.

그저 침묵을 지키며 얌전히 따를 뿐이었다.

"일단은 마스터 콜에 접속하기 전, 여러분의 이능력을 강화시켜 드리겠습니다."

말을 하며 전율은 그간 모아왔던 마나 하트의 조각을 꺼내 모두에게 똑같이 나누어주었다.

이능력자들은 배당받은 마나 하트의 조각을 전부 섭취했다.

그리고 각자의 이능력을 발동시키며 전보다 크게 업그레이드된 위력에 감탄했다.

이제 모든 준비는 끝났다.

전율이 이능력자들 한 명 한 명과 눈을 맞춘 뒤 말했다.

"그럼 마스터 콜에 접속하도록 하죠."

그때였다.

이건이 앞으로 한 발 나서며 제안했다.

"저기, 우리가 지구를 지키는 영웅의 자격으로 이렇게 모였는데 팀 이름이라도 지어야 하는 거 아니야?"

팀 이름 같은 건 생각해 본 적도 없는 전율이었다.

딱히 그런 게 필요하지도 않을 것 같았다.

한데 몇몇 사람이 그런 이건의 의견에 동조했다.

특히 김기혜가 열정적이었다.

"와~ 좋아요! 뭔가 있어 보이잖아요. 파워 레인저처럼 어스 레인저! 이런 거 어때요?"

최악의 작명 센스였다.

김기혜를 시작으로 이 사람 저 사람이 여러 가지 팀명을 내놓았지만 하나같이 탐탁지가 않았다.

그때 조용히 듣고만 있던 설열음이 가만히 입을 열었다.

"…어스 뱅가드(Earth Vanguard)."

모두가 설열음을 바라보았다.

그러고서는 하나둘 고개를 끄덕였다.

전율도 나쁘지 않은 것 같았다.

"어스 뱅가드. 그걸로 하죠."

"이야~ 이 누나 벙어린 줄 알았는데 아니었네?"

이건이 설열음의 곁으로 다가가 어깨를 툭 쳤다. 하지만 설열음은 차가운 시선으로 이건을 슥 쳐다보기만 하고 다시 말이 없었다.

"자, 그럼 마스터 콜인가 뭔가 한번 해봅시다."

장도민이 어수선한 분위기를 정리했다.

"그럼 접속합니다. 다들 마스터 콜이라고 말하세요."

전율의 지시에 모두가 마스터 콜을 외쳤다.

그리고 모두의 앞에 환한 빛이 일었다.

Chapter 47.
하늘의 얼굴

어스 뱅가드의 멤버들은 첫 번째 마스터 콜을 무사히 끝냈다.

그들이 지하 20층에서 상대한 건 전율이 그랬던 것처럼 빅 랫이었다.

견우리는 기본적인 신체 능력이 마나 하트를 섭취함으로써 더욱 강해졌다.

인간을 초월하는 초인적인 근력, 민첩성을 갖게 되었다.

처음 마스터 콜을 접했을 때의 전율보다 조금 더 강인한 수준이었다.

게다가 견우리의 이능력 버서커 역시 업그레이드되었다.

유지 시간이 10분으로 늘었고 버서커 사용 이후 찾아오는 후유증은 5분으로 줄어들었다.

빅랫은 굳이 견우리가 버서커 모드로 들어서지 않아도 충분히 해치울 수 있었다.

그녀가 버서커 모드를 발동한 건, 입구를 지키고 선 던전의 보스 거대 빅랫 두 마리 앞에서였다.

사실 거대 빅랫도 지금의 견우리 수준으로 충분히 제거할 수 있었다. 하지만 견우리는 거대 빅랫에 대한 정보가 없었다. 얼마나 강한지 가늠하기 힘드니 곧장 버서커 모드를 발동해 상대한 것이다.

거대 빅랫들은 견우리의 주먹질 한 방에 머리통이 깨져 사라졌다.

조하영은 석실에 들어서자마자 튜토리얼로 내던져진 빅랫 한 마리를 매혹시켰다.

매혹은 상대방을 홀려 자신의 의지대로 조종하는 능력이다.

조하영의 매혹 역시 유지 시간이 1시간에서 2시간으로 늘어났다.

석실에서 나온 조하영은 이후로도 던전을 걸어가며 만나게 되는 빅랫을 전부 매혹시켰다.

매혹당하는 개체수가 늘어날수록 능력의 유지 시간도 짧아

진다.

하지만 시작의 던전은 그다지 긴 편이 아니다.

게다가 빅랫과 싸우는 것도 아니고 그저 매혹시킬 뿐이니 진행 속도가 빨랐다.

던전에 들어선 지 삼십 분 만에 조하영은 거대 빅랫이 있는 곳에 도착했다.

빅랫 아흔 마리와 함께.

아무리 보스급의 거대 빅랫이라고 해도 아흔 마리의 빅랫 군단을 상대할 순 없었다.

"화끈하게 죽여."

조하영의 한마디에 빅랫 군단이 거대 빅랫 두 마리를 향해 달려들었다.

거대 빅랫은 감히 하극상을 부리는 빅랫 무리와 혈전을 벌였다.

하나 쪽수에 밀리니 답이 나오지 않았다.

불과 5분이 채 지나기도 전에 거대 빅랫 두 마리는 죽음을 맞았다.

아직 조하영에게는 살아남은 52마리의 빅랫이 남아 있었다.

조하영이 또 다른 명령을 내렸다.

"서로 죽여."

빅랫 군단은 서로 물고 뜯고 할퀴며 무차별적인 살상을 시작했다.

그렇게 10분이 흐르고 나서 모든 빅랫이 죽고 딱 한 마리만이 살아남게 되었다.

하지만 상태가 곧 죽을 것처럼 위태위태했다.

조하영이 그 빅랫에게 마지막 명령을 내렸다.

"잘했어~ 이제 자살해."

빅랫이 날카로운 손톱으로 자기 심장을 찔렀다. 그리고 피를 토하며 쓰러져 눈을 감았다.

그것으로 끝.

조하영은 자신의 손에 피 한 방울 묻히지 않고 던전을 클리어했다.

유지광은 눈에 보이지 않는 무형검을 소환할 수 있는 능력자다.

그의 무형검은 처음엔 그저 롱소드의 형태였다. 한데 마나하트의 힘으로 업그레이드가 되어, 지금은 롱소드의 날이 마치 채찍처럼 유지광의 마음대로 휘어지고 늘어났다.

무형검을 죽 늘리면 공격 사정권이 무려 2미터나 됐다.

때문에 검을 요리할 때만 써봤지, 싸움에 필요한 검법을 모르는 유지광이라 할지라도 빅랫은 무리 없이 처리할 수 있었다.

거대 빅랫 두 마리 역시 발견하는 즉시 2미터 밖에서 무형검을 늘려 목과 심장을 찔렀다.

설열음은 빙결 마법이 3서클까지 성장했다.

3서클에서 사용할 수 있는 빙결 마법의 종류는 아이스(Ice), 아이스 애로우(Ice Arrow), 아이스 포그(Ice Fog), 아이스 볼(Ice Ball)의 네 가지였다.

아이스와 아이스 포그는 보조 마법이었고, 아이스 애로우와 아이스 볼은 공격 마법이었다.

아이스는 말 그대로 작은 얼음을 만들어내는 마법이다.

그것으로 적을 공격할 수는 없다.

그저 얼음이 필요한 곳에 사용하는 용도로만 이용 가능하다.

아이스 포그는 기온이 낮은 온도의 안개를 만들어 적의 시야를 어지럽힐 수 있었다.

아이스 애로우는 얼음 화살을, 아이스 볼은 그보다 더 위력적인 볼링공만 한 얼음의 구를 만들어 적에게 타격을 입힌다.

설열음은 아이스 애로우와 아이스 볼, 두 가지만으로 빅랫들을 상대했다.

마법으로 원거리에서 상대방을 공격할 수 있었기에 전투는 매우 수월했다.

하지만 거대 빅랫들을 만났을 땐 조금 더 신중했다.

아이스 포그로 거대 빅랫들의 시야를 방해한 뒤, 아이스로 얼음을 만들어 멀리 던져서 거대 빅랫의 신경을 딴 곳으로 돌렸다.

그때 아이스 애로우와 아이스 볼을 마구 시전해 거대 빅랫들을 사살했다.

장도민의 능력은 배리어, 즉 보호막이었다.

그에게는 이렇다 할 공격 스킬이 없었다. 처음에는 말이다. 하지만 배리어가 업그레이드된 후에는 조금 달라졌다.

우선 100톤의 충격에서도 견딜 수 있었던 내구도가 500톤의 충격까지 견딜 만큼 올라갔다.

그리고 또 하나.

배리어의 전개 범위가 늘었다. 그가 배리어를 최대한으로 펼치면 반경 5미터까지 완벽하게 보호가 된다.

중요한 건 배리어를 전개할 때, 그 경계선에 있는 것들은 전부 잘려 나간다는 것이다.

500톤의 충격을 버텨낼 정도니 배리어의 강도가 얼마나 대단한지는 설명을 따로 할 필요가 없으리라.

강철도 두부 썰듯 잘라 버리는 판에 빅랫은 아무것도 아니었다.

게다가 배리어는 전개한 상태로 그 범위를 줄였다 늘였다 하는 게 가능했다.

때문에 배리어를 소규모로 전개해 갑자기 범위를 넓혀 빅랫을 배리어와 던전의 벽 사이에 짓이겨 터뜨릴 수도 있었다.

물론 이런 전투 방법은 누가 알려준 것이 아니라 장도민 스스로가 생각해 낸 것이다.

장도민은 그만큼 똑똑한 사내였다.

빅랫 무리를 정리하는 건 쉬웠고, 거대 빅랫을 상대하는 것 또한 일도 아니었다.

빅랫 두 마리는 배리어가 전개되는 순간 목이 잘려 바닥에 널브러졌다.

루채하의 능력은 초음속이다.

한데 마나 하트를 섭취하며 능력이 한 가지 더 생겼다.

가끔씩 루채하처럼 한 가지 이상의 능력을 각성하는 이능력자들도 미래엔 종종 있었다.

아무튼 두 가지 능력을 각성했다는 건 루채하의 잠재 능력이 다른 이들보다 높다는 얘기였다.

그렇다고 아직 그것을 기정사실화하기에는 무리가 있었다.

간혹 뒤늦게 한 가지 이상의 능력을 더 각성하는 이도 존재하기 때문이다.

루채하가 새로 얻은 능력은 진공참이었다.

그것은 바람을 이용해 상대방을 공격하는 힘이었다.

루채하는 자신의 의지대로 날카로운 바람의 칼날을 만들 수 있었다.

바람은 시각적으로 보이지가 않으니 적들에겐 까다로운 공격이 되는 게 당연했다.

특히 수준 낮은 빅랫 정도는 아무것도 아니었다.

그는 던전을 초음속으로 달리며 진공참을 날려 빅랫 무리를 순식간에 초토화시켰다.

거대 빅랫 두 마리는 자신들이 어떻게 당하는지도 모른 채 죽어 넘어졌다.

루채하는 시작의 던전을 모든 모험가들 중 가장 빠르게 클리어했다.

진태군은 3서클의 화염 마법을 다룰 수 있었다.

그가 시전 가능한 화염 마법은 파이어(Fire), 파이어 애로우(Fire Arrow), 파이어 볼(Fire Ball), 버닝 핸즈(Burning Hands)의 총 네 가지였다.

빙결 마법과 달리 화염 마법은 보조 마법 하나에 공격 마법이 세 개였다.

확실히 화염 마법은 빙결 마법과 달리 공격 쪽에 치우친 마법이긴 했다. 공격 마법의 위력도 빙결 마법에 비교해 봤을 때 상대적으로 더 강했다.

파이어 애로우와 파이어 볼은 앞서 얘기했던 아이스 애로우, 아이스 볼에서 그 성질이 불로 바뀐 것과 위력이 배 정도 강한 것 말고 다를 것이 없었다.

버닝 핸즈는 타오르는 손을 목표물에 쏘아 보내는 마법이다.

사람 하나는 거뜬히 들어 올릴 만큼 거대한 불의 손은 움

켜쥐는 모든 것을 태워 버린다.

진태군은 빅랫들을 파이어 애로우와 파이어 볼로, 거대 빅랫은 버닝 핸즈로 쉽게 물리쳤다.

이서진의 능력은 중력 제어다.

그는 반경 3미터 이내의 중력을 제어할 수 있었다.

그가 마음을 먹으면 중력을 없앨 수도, 더 강하게 할 수 있으며, 심지어 중력을 역전시키는 것도 가능했다.

이서진은 그의 성격만큼이나 신중하게 던전을 걸어나갔다.

빅랫을 만나면 중력을 강하게 만들어 땅바닥에 넙죽 달라붙게 만든 다음, 석실에서 주웠던 단검을 뒷목에 꽂아 죽였다.

거대 빅랫이라고 다를 건 없었다.

그 녀석들 역시 이서진이 조종하는 중력의 힘을 거스르진 못했다.

이서진은 중력을 역전시켜 거대 빅랫들을 공동의 높은 천장 끝까지 들어 올렸다. 그리고 중력을 강하게 만들어 롤러코스트를 탄 것마냥 놈들을 바닥에 처박히게 만들었다.

거대 빅랫 두 마리는 퍼석! 소리와 함께 머리가 터져 죽었다.

마지막으로 57살의 노인 장철수의 능력은 생령 흡수였다. 말 그대로 상대의 생명력을 뱀파이어처럼 흡수해 버리는 힘이었다. 그는 빅랫을 만나는 족족 신이 나서 놈들의 생령를 흡수했다.

사실 마나 하트를 섭취하고서 그 능력의 진척을 가장 알 수 없는 게 장철수였다.

장철수는 자신의 능력을 시험해 볼 대상이 도통 없었다.

처음 이능력을 얻고 나서도 능력이 발현되며 근처에 있던 나무가 우수수 시들어 버리는 바람에 자신의 능력에 대해 알게 된 것이다.

이후로는 단언코 스스로 다른 생명체의 생령을 흡수했던 적이 없었다.

그런데 지금 던전 안에서 마주치는 녀석들은 해치워야 할 몬스터라는 걸 알았다.

사악한 것들이었고, 반드시 처리해야 하는 나쁜 놈들이었다.

하면 망설일 것이 없었다.

장철수는 빅랫들의 생령을 닥치는 대로 흡수해 버렸다.

생령의 흡수 방법은 흡수하고자 하는 대상에게 접촉을 하는 것이었다.

물론 거동하는 것도 불편한 장철수에게 그것은 쉬운 일이 아니었다.

장철수는 튜토리얼을 진행하면서 달려든 빅랫에게 힘없이 팔을 물어뜯겼다.

한데 고통은 잠시였다.

장철수의 팔에 접촉한 빅랫은 순식간에 생령을 빼앗기고

말라비틀어진 시체가 되었다.

장철수는 빅랫의 생령을 흡수하고 나서 약간이지만 몸이 전보다 가벼워졌음을 느꼈다.

게다가 빅랫에게 물렸던 팔의 상처도 말끔하게 나았다.

이에 자신감이 붙은 장철수는 페이가 초보 모험가들에게 선사하는 단검 한 자루를 들고 씩씩하게 던전으로 나갔다.

빅랫을 마주할 때마다 장철수는 어디 한 군데를 꼭 물어뜯겼다.

하지만 그 대가로 놈들의 생령을 전부 흡수했다.

갈수록 장철수는 점점 더 활기를 찾아갔다.

게다가 장철수 본인도 몰랐던 놀라운 사실을 발견했다.

생령을 흡수하게 되면 그 대상의 능력을 조금이나마 얻게 된다는 것이었다.

장철수는 아흔 마리나 되는 빅랫의 생령을 전부 흡수한 뒤, 체력이 몰라보게 좋아졌다.

뿐만 아니라 근력과 민첩성 역시 월등히 높아졌다.

빅랫의 능력을 얻었기 때문이다.

외모도 많이 달라졌다.

머리가 휑하니 빠져 있었는데, 지금은 흰머리긴 하지만 빼곡히 머리카락이 자라 있었다.

구부정하던 허리가 펴졌고, 눈에는 생기가 돌았다.

그 상태에서 거대 빅랫 두 마리와 조우했다.

장철수가 아무리 건실해졌다고는 하나, 그것은 이전 상태와 비교했을 때 그렇다는 얘기다.

거대 빅랫을 상대하기엔 무리가 있었다.

하지만 장철수는 이번에도 거대 빅랫에게 허리를 통째로 물어뜯기며 생령을 흡수했다.

하마터면 생령을 흡수하기 전에 허리가 끊어질 뻔한 위험이 있었으나 어찌 되었든 두 마리의 생령을 모두 빨아들였다.

그렇게 열 명의 이능력자는 무사히 던전을 클리어했다.

한데 전율이 미처 놓치고 있는 사람이 있었으니 바로 김기혜였다.

그녀는 광속하의 능력만 얻었지 그것으로 아직 아무것도 배우지 않은 상태였기 때문이다.

*　　　*　　　*

어스 뱅가드 멤버들은 펜션의 거실에 나란히 누워 눈을 감고 말했다.

"마스터 콜."

환한 빛이 일었고 그들은 모두 잠들듯 눈을 감았다.

그 순간 전율은 김기혜의 얼굴을 보며 그대로 굳어버렸다.

"이런."

큰일이었다.

김기혜는 광속학으로 배운 게 마나사이펀밖에 없었다.

그것으로 1서클의 마나는 만들었지만 마법은 익히지 않았다.

한마디로 그녀는 지금 던전을 헤쳐 나갈 만한 아무런 기술이 존재치 않는다는 얘기다.

전율이 난감해하는 그 짧은 시간 동안 눈을 감았던 이들이 다시 눈을 떴다.

'음?'

전율의 입장에서는 일제히 마스터 콜 진입에 실패했나? 싶은 생각이 드는 광경이었다.

하나 곧 전율은 그게 당연한 현상이라는 걸 알았다.

자신 역시도 마스터 콜에 접속했다가 현실로 돌아오면 시간이 거의 흐르지 않은 상태에서 깨어나게 되었었다.

늘 마스터 콜에 접속만 하다가 다른 사람이 접속하는 걸 처음 보니 그 광경이 낯설게 다가왔던 것이다.

전율은 어리둥절해하는 이들에게 다짜고짜 질문을 던졌다.

"다들 던전의 퀘스트는 무사히 마쳤습니까?"

"당연하지!"

이건이 벌떡 일어나 허리에 손을 척! 얹고 대답했다.

"아아… 무사히 마쳤어. 나 좀 봐봐. 전보다 건강해진 것 같아 뵈지 않아? 응?"

장철수가 앙상한 팔에 힘을 주며 물었다.

듬성듬성 빠진 이를 활짝 보이며 어린애처럼 좋아하는 모양이 나이를 떠나서 귀여웠다.

전율이 보니 장철수는 그의 말처럼 조금 전보다 몸이 더 좋아져 있었다.

"몬스터들의 생령을 흡수했군요."

"그랬지. 그놈들은 못된 것들이니까, 마음껏 흡수할 수 있잖아. 허허허."

장철수가 행복에 겨운 웃음을 터뜨렸다.

앞으로 전처럼 건강을 되찾을 수 있다는 생각이 그를 들뜨게 만들었다.

전율은 다른 이들과도 시선을 맞추었다.

하나같이 긍정적인 눈빛을 보내왔다.

그런데 김기혜만 넋이 빠져서 멍하니 앉아 있었다.

전율이 그녀에게 다가가 어깨를 툭 건드렸다.

"기혜 씨."

"아? 아… 네."

"괜찮으세요?"

"그런 것 같아요."

"퀘스트는 어떻게 됐어요?"

"퀘스트요? 아, 맞다. 빅랫을 섬멸하라!"

"네, 그거요."

"흐아… 히, 히히. 헤헷!"

김기혜가 갑자기 정신 놓은 사람처럼 이상한 웃음을 흘렸다.

"기혜 씨?"

"율 씨! 아니, 율 리더!"

"네?"

김기혜는 전율의 두 손을 덥석 잡더니 눈을 반짝반짝 빛냈다.

"이거 최고예요! 가상현실게임 하는 것 같았다는! 태어나서 맛난 거 먹을 때 말고 짜릿짜릿함을 느낀 건 이번에 처음이었당께요!"

갑자기 평생 사용하지 않던 사투리까지 섞어가며 떠들어대는 김기혜였다.

"진짜 캡이었어요! 빅랫들 다 때려잡고 거대 빅랫도 때려잡았어요!"

"어떻게 클리어한 겁니까?"

배운 게 아무것도 없는 김기혜가 어떻게 퀘스트를 클리어한 건지 전율은 궁금했다.

"엥? 그냥… 좁은 방 같은 데서 눈 떴는데 어떤 페이라는 언니가 선물이라면서 단검 한 자루 주던데요?"

"그래서요?"

"그래서 그걸로 싸웠죠."

"검술 같은 걸 배운 적이 있습니까?"

"아니요, 배운 적은 없고 많이 봤죠. 무협지랑 무협 영화랑… 그리고 판타지 영화 같은 데서도 많이 나오잖아요."

"무협이랑 판타지요?"

"네. 판타지랑 무협은 사랑이거든요. 다섯 살 때 가나다라 배우고 나서 처음으로 완독한 책이 무협 소설이었다면 믿겠어요, 율 리더?"

그러니까 지금 김기혜는 무협 소설과 판타지 소설, 혹은 그런 류의 영화 속에서 봤던 기억 만으로 단검을 다뤘다는 얘기다.

한데 빅랫과 거대 빅랫을 모두 심멸했다.

그녀의 광속학 능력이 누군가에게 배운 것도 아닌, 오로지 기억 속에만 존재했던 어설픈 지식을 실전 기술로 익히도록 해버린 것이다.

전율은 황당함을 넘어서 경악스러웠다.

마나 하트가 업그레이드시켜 준 광속학 능력은 실로 무서울 정도였다.

"앞으로도 계속 마스터 콜 할 수 있는 거죠?"

"그래요. 계속 할 수 있어요."

"다달이 돈도 계속 주시는 거고?"

"드립니다."

전율을 바라보는 김기혜의 시선이 난데없이 그윽해졌다.

"혹시 대표님… 아니, 율 리더가 나의 백마 탄 왕자님이신가
요?"

"그럴 리 없습니다."

전율이 김기혜의 손을 뿌리쳤다.

어찌 되었든 모든 멤버가 지하 20층을 무사히 클리어했다
니 다행이었다.

이제 비로소 마스터 콜에 첫 발을 내디뎠다.

전율은 멤버들에게 능력이 어디까지 성장했는지, 그리고 어
떻게 퀘스트를 완료했는지 하나하나 묻고 들었다.

자세한 이야기를 듣고 나니 전율의 눈앞에 희망이 보였다.

'다행스럽게도 다들 수준이 높다.'

적어도 한 명 한 명이 처음 마스터 콜을 접할 때의 자신보
다 강한 것 같았다.

이게 다 전율이 수급해 온 마나 하트 덕분이었다.

전율은 그들이 하루빨리 12층까지 클리어하길 바랐다.

하루에 마스터 콜을 다섯 번 접속할 수 있으니 그들이 실
패 없이 퀘스트를 연속 클리어한다면 이틀 만에 12층 클리어
가 가능했다.

물론 그러기 위해서는 이들을 강인하게 성장시키는 일이 무

엇보다 중요했다.

전율은 그 자리에서 오늘 하루 동안 남은 마스터 콜을 전부 해치웠다.

물론 전율이 돈 것은 지긋지긋한 12층.

이제는 12층의 만나는 모험가 중 절반 이상이 전율만 보면 무조건 동맹을 맺으려 달려오거나, 알아서 목숨을 끊거나, 혹은 절대 찾지 못할 곳에 숨어서 쥐 죽은 듯 가만히 있거나 셋 중 하나의 행동을 취했다.

전율이 어떤 인간인지 지겹도록 겪어서 잘 알았기 때문이다.

그렇게 전율이 인피니트 백에 채워 온 마나 하트의 조각 삼백사십여 개를 다시 어스 뱅가드 멤버들에게 분배했다.

그들은 마치 사육당하는 것마냥 마나 하트의 조각을 꿀꺽꿀꺽 삼켰다.

마나 하트는 에너지 덩어리인지라 아무리 먹어도 배가 부르지는 않았다.

자신에게 주어진 마나 하트의 할당량을 전부 섭취한 멤버들은 이능력이 전보다 더욱 강해졌다.

그들은 전보다 더 자신감을 얻어 두 번째 마스터 콜에 접속했다.

*　　　*　　　*

모두가 순식간에 지하 14층 보스의 던전까지 클리어했다.

중간에 연계의 던전은 17층부터 15층까지 이어져 있으니, 전부 제대로 된 층수까지 도달한 게 맞았다.

단 한 명도 퀘스트에 실패하는 이가 없었기에 전율은 기쁘고 뿌듯했다.

이제 내일이면 이들은 12층을 클리어하고 전율과 함께 11층으로 진입할 수 있게 될 것이다.

한데 바로 그 12층이 문제였다.

'다들 잘하려나?'

12층은 다른 층과 달리 모험가들끼리 서바이벌을 벌이는 필드다.

만약 그곳에서 최후의 생존자 3인 안에 들지 못하고 쩔쩔매면 마스터 콜의 진행이 늦어지게 된다.

12층 클리어가 힘들다 싶을 경우 그 안에서 최대한 많은 모험가를 죽여 마나 하트의 조각이라도 대량으로 얻게 하는 게 좋을 터였다.

그러나 전율의 눈에 비치는 멤버들의 푸른 기운은 현재로서도 마스터 콜에서 만났던 다른 모험가들에 비해 크게 뒤처지지 않는다.

전율이 마나 하트의 조각을 몇 번 더 구해다 주면 금방 다른 모험가들의 수준을 넘어설 수 있을 것이다.

이미 그들은 14층까지 발군의 기세로 클리어하며 벌어들인 링으로 자기의 성장에 필요한 것들도 잘 챙겨서 섭취했다.

대부분 이능력으로 싸우기 때문에 무기 같은 건 딱히 필요 없어서 사지 않았으나 적당한 방어구는 구입해서 착용했다.

그리고 유지광은 전율이 마스터 콜을 돈 이후, 상점에서 사온 중급 검술 교본을 읽고 대번에 검술을 습득했다.

"저기, 율 리더?"

루채하가 전율에게 말을 걸어왔다.

그는 밝고 긍정적인 에너지가 가득한 사내였다. 늘 미소 짓고 있는 얼굴을 보고 있노라면 곁에 있는 사람까지 마음이 정화되는 기분이 들었다.

전율 역시 그가 싫지 않았다.

"무슨 일이시죠?"

"우리 모두 마스터 콜을 다섯 번 다 접속했는데 이제 뭘 하면 좋을까요?"

이제 이곳에서 그들이 더 이상 할 일은 없었다. 전율도 마찬가지였다.

하지만 만들어보면 할 일은 생기게 마련이다.

"다들 자신의 이능력을 계속 사용해 보도록 하세요. 제 경우엔 마나 하트의 도움 없이 훈련만으로도 성장이 가능한 능력이 있습니다. 여러분 중에도 필시 훈련으로 성장 가능한 능력을 가지신 분이 있으실 겁니다. 아, 마법을 사용하는 열음 씨와 태군 씨는 필히 마나사이펀을 하세요. 마나 하트를 섭취하는 것만큼은 아니지만 대단히 빠른 속도로 마나를 몸에 축적시켜 줄 겁니다."

전율은 이미 마나 사이펀의 요령에 대해 그들에게 일러준 터였다.

그의 머릿속엔 스토어에서 산 책으로 습득한 지식이 들어 있었기에 남에게 설명해 이해시키는 건 어렵지 않았다.

열음과 태군은 군말 없이 고개를 끄덕였다.

"그럼… 나는 뭘 하나?"

장철수가 풀이 죽었다.

어스 뱅가드의 멤버 중에서 오로지 장철수만이 현실에서 수련하는 게 불가능했기 때문이다.

하지만 어쩔 수 없는 일이다.

장철수의 이능력을 성장시키자고 다른 살아 있는 생명의 생령을 흡수할 수는 없는 일이니까.

"가뜩이나 내 능력에 허점을 발견한 참인데 이것 참."

장철수가 입맛을 고개를 절레절레 저었다.

사실 처음 마스터 콜을 끝낸 이후 모든 멤버가 장철수의 능력을 부러워했다.

장철수의 손에 닿는 생명체는 생령을 빼앗겨 버리니 그야말로 최강의 이능력이 아닐 수 없었다.

한데 그건 장철수보다 약한 생명체를 만났을 때만 생령을 흡수하는 게 가능했다.

그와 수준이 비슷하거나 더 강한 생명체의 생령은 흡수할 수가 없었다.

장철수는 그게 불안했다.

사자의 던전이나 보스의 던전 같은 경우, 생령을 흡수하지 못해서 오로지 다른 몬스터의 생령 흡수로 강인해진 육체 하나에 의지해 싸웠다.

하나, 그것만으로도 대단하다 할 만했다.

이미 장철수의 몸에는 빅랫의 민첩성과 강철 같은 손톱, 오크의 강인한 힘과 단단한 피부 등등 여러 능력이 전이되어 있었다.

게다가 위스프의 생령을 흡수하는 바람에 뇌전의 능력도 사용하는 상황이었다.

전율만큼은 아니었지만 순간적으로 번개에 맞은 상대를 스턴 상태에 걸리도록 하기에는 충분한 위력이었다.

때문에 굳이 생령 흡수에 의지하지 않아도 충분히 퀘스트를 클리어할 수 있는 상태였다.

그럼에도 엄살이 심한 장철수였다.

"어르신, 어쩔 수 없잖습니까."

전율이 그를 달랬다.

그러자 이건이 끼어들었다.

"그래, 할아버지! 그냥 포기하고 푹 쉬어!"

이건의 말에 장철수가 눈을 매섭게 치켜떴다.

"뭐? 할아버지? 누가 할아버지야! 너는 지금 이 몸뚱이가 늙어 보이냐! 응?!"

장철수가 상의를 확 들어 보였다.

그러자 매끈한 복근이 드러났다.

복근뿐만이 아니었다. 전체적으로 균형 잡힌 근육질 몸매에 풍성한 검은 머리, 새로 돋아나 가지런해진 이빨, 그리고 처음보다 반 이상 지워진 주름까지.

장철수는 말 그대로 회춘을 했다.

"아니, 생각해 줘서 말했더니 왜 난리시래? 에이 짜증 나!"

"뭐? 너 인마 혼나볼래!"

"그래, 할 수 있으면 해보셔!"

장철수와 이건이 투닥거리는 사이 전율은 자리를 피했다.

*　　　*　　　*

저녁이 다가오는 시간 전율은 한 가지 고민에 빠져 있었다.

'분명 유지연은 뇌전 마법을 제10식까지 만들어 사용했었다. 그런데 왜 내게는 다섯 개밖에 없지?'

전율은 유지연이 사용했던 뇌전 마법의 최종식 벽력멸까지 익힌 터였다.

한데 어쩐 일인지 10식이나 되는 기술 중 다섯 개가 빠져 있었다.

물론 상태창에 떠 있는 마나의 카테고리엔 뇌섬(雷殲), 속박뢰(束縛雷), 뇌전(雷電)의 창(槍), 폭뢰(爆雷), 뇌신(雷神), 벽력멸(霹靂滅)의 총 여섯 항목이 적혀 있지만, 그중 뇌섬은 유지연이 새로 만들어낸 기술이 아니었다.

일반적인 번개 공격이었다.

그래서 유지연은 뇌섬을 따로 분류했다.

어찌 되었든 이러한 의문에 휩싸여 있는데 거기에 대해서는 마더가 대답해 주었다.

[전율 님의 상태를 데이터화시켜 과거 유지연의 데이터와 비교해 본 결과 전율 님은 이미 모든 마법 공식을 알고 있는 것과 다름없다는 답이 도출되었습니다.]

'그게 무슨 말이야?'

[유지연은 본래 뇌섬이란 마법을 얻게 된 뒤, 그것에 다른 공식을 도입시켜 1식에서 5식까지 만들었습니다. 그리고 다시 1식과 5식의 마법을 서로 합쳐 또 다른 5식을 만든 것입니다.]

'그걸 왜 미리 말 안 해준 거야?'

[결국 서로 같은 것이었고, 상이점이 없었기에 딱히 말할 필요를 느끼지 못했으며, 전율 님께서 유지연에 대한 정보는 다른 미라클 엠페러들보다 확실하게 꿰고 있었기에 모를 것이란 짐작을 못 했습니다.]

마더는 전율의 의지를 읽을 수 있다.
하지만 전율이 군이 떠올리지 않은 의문까지 알아서 캐치하여 답을 내려주진 않는다.
여태껏 늘 그런 식이었다.
'네 말이 맞지만 유지연이 각각의 마법들을 어떠한 형태로 조합했는지는 모른다. 네게 데이터가 있다고 했으니 그것을 직접 내게 주입할 수 있나?'

[가능합니다. 바로 데이터를 동기화시키겠습니다.]

마더의 말이 있고 잠시 후, 전율의 머릿속에서 기존의 마법 공식들이 서로 뒤섞여 새로운 마법 공식 다섯 개가 늘어났다.

전율이 상태창을 열어 이를 확인했다.

〈전율 님의 능력치〉

[오러]

랭크 : 6

성장도 : 57%

색 : 보라색

사용 가능 기술 : 오러 피스트(Aura Fist), 오러 애로우(Aura Arrow), 오러 피스톨(Aura Pistol), 오러 버서커(Aura Berserker), 오러 플라즈마(Aura Plasma)

[마나]

랭크 : 6

성장도 : 39%

사용 가능 기술 : 뇌섬(雷殲), 속박뢰(束縛雷), 뇌암(雷暗), 뇌호(雷護), 뇌전(雷電)의 창(槍), 뇌창(雷猖), 폭뢰(爆雷), 지뢰(地雷), 뇌격(雷隔), 뇌신(雷神), 벽력멸(霹靂滅)

[스피릿]

랭크 : 6

성장도 : 32%

사용 가능 기술 : 위압(危壓), 호의(好意), 지배(支配), 최면(催眠), 신안(神眼)

테이밍 가능한 생명체의 수 : 4/11

테이밍된 생명체 : 초백한, 육미호, 디오란, 환

[착용 중인 아이템]

―마갑 데이드릭〈귀속〉 : S급 아티팩트. 제5형태. 600,000링을 흡수하면 성장함

―마검 이슈반〈귀속〉 : A+급 아티팩트. 각성 전. 68% 성장

*데이드릭 세트 효과 발동. 힘 10% 강화.

새로 생긴 뇌전의 마법은 총 다섯 개.

뇌암, 뇌호, 뇌창, 지뢰, 뇌격이었다.

뇌암은 미약한 번개로 밝은 빛을 일으켜 지속적으로 유지하면서 적들의 시야를 방해하는 마법이다.

뇌호는 뇌전으로 이루어진 반구형의 보호막을 결계처럼 둘러쳐서 몸을 보호하는 마법이다. 범위는 시전자를 중심으로

반경 2미터다.

뇌창은 사방으로 퍼져 나가는 뇌전의 다발을 발포하는 마법이다. 거미줄처럼 어지럽게 얽힌 뇌전이 눈 깜짝할 새 시전자의 주변으로 터져 나가며 주변에 있던 모든 적을 감전시킨다.

지뢰는 뇌전의 기운을 땅속에 숨겨 누군가 적이 그것을 밟는 순간 터뜨리는 트랩 마법이다.

마지막으로 뇌격은 거대하고 두꺼운 뇌전의 벽을 전방에 쳐, 진군하는 병력을 막는 마법이다.

그렇게 전율은 다섯 가지의 새로운 마법들을 익히게 되었다.

전율이 뿌듯한 마음에 저도 모르게 미소를 머금었다.

그때 갑자기 옆에서 여인의 목소리가 들려왔다.

"율 리더님도 웃을 줄 알았네요? 오오, 신기하다."

김기혜였다.

그녀는 강아지 같은 얼굴로 전율을 보며 헤헤 웃었다.

전율이 얼른 미소를 지우고 평소의 무표정으로 돌아왔다.

"앗! 다시 뚱한 얼굴! 한 번만 더 웃어봐요. 네?"

"싫습니다."

"칫, 깍쟁이네요."

김기혜가 별것도 아닌 걸로 투덜거릴 때, 이건이 전율에게 다가왔다.

"율 리더! 배고픈데 저녁 안 줘?"

사람들을 펜션에 묶어놓고 먹을 것도 준비해 놓지 않았을 리 없었다.

전율은 펜션으로 올 때 용식의 차를 빌렸다.

그리고 차 뒷좌석과 트렁크에 어스 뱅가드의 멤버들이 이틀 동안 충분히 먹을 만큼의 장을 봐 온 터였다.

전율은 사람들을 이끌고 차로 가서 음식을 펜션 안으로 날랐다.

멤버들은 전율이 따로 시키지 않아도 알아서 역할을 분담해 오늘 먹을 음식만 내놓고 나머지는 전부 정리해 두었다.

그날 저녁은 쌀밥을 짓고, 채소를 씻어 돼지고기, 소고기를 들고 바비큐장으로 가 고기 파티를 벌였다.

물론 술도 있었다.

친목을 다지는 데는 술만 한 게 또 없었다.

많이 마시게 되면 친목을 도모하려다 갈등만 더 커지는 경우도 당연히 염두에 두었다.

해서 전율은 술은 소주, 맥주, 막걸리 중에서 종류를 불문하고 일인당 한 병 이상씩 마시지 말 것이며, 안 마시겠다는 사람에게 강요하지 않을 것을 부탁했다.

멤버들은 군말 없이 전율의 부탁을 따랐다.

이미 모든 멤버들을 처음 만날 때 전율의 말이 법처럼 작용하도록 최면을 걸어놓은 덕이었다.

멤버들은 술과 고기를 즐기며 점점 더 서로의 거리를 좁혀
나갔다.

웃고 떠들고 노는 사이 밤이 깊었다.

배를 든든하게 채운 멤버들은 뒷정리를 하고 펜션으로 다
시 들어왔다.

그리고 여자와, 남자가 서로 다른 방에 들어가 잠을 청했다.

그렇게 생소한 사람들끼리 지구를 방위하는 어스 뱅가드가
되어 함께 보낸 첫날이 지나가고 있었다.

*　　　　*　　　　*

다음 날, 전율은 멤버들에게 아침을 챙겨 먹인 뒤 마스터
콜에 접속하기 전 한 가지 중요한 일을 당부하기로 했다.

"다들 탐욕의 목걸이는 다 성장시켰을 겁니다. 부화시킨 분
은 안 계시죠?"

멤버들은 그렇다고 대답을 하거나 고개를 끄덕였다.

전율은 멤버들이 14층까지 클리어하는 동안 스토어의 주인
이 탐욕의 목걸이에 대해서 이야기 하면 무조건 사두라 이른
터였다.

"15층에서 파는 행운의 펜던트도 전부 구입하셨습니까?"

"네~!"

김기혜가 가장 씩씩하게 대답했다.

"지금부터 행운의 펜던트를 착용한 뒤, 탐욕의 목걸이를 부화시킬 겁니다. 아시다시피 탐욕의 목걸이는 여러분에게 무작위 등급의 아티팩트를 가져다줍니다. 때문에 행운의 펜던트를 사용하게 된다면 더 좋은 등급의 아티팩트를 얻게 될 확률이 올라가게 되죠. 아티팩트는 여러분의 옷에 착용하는 순간부터 효력을 발휘합니다. 제한 시간은 단 10초. 아티팩트를 착용하자마자 탐욕의 목걸이를 부화시키면 됩니다. 이해되셨나요?"

전율은 말을 하며 장철수만 바라봤다.

다른 이들은 비교적 젊은 편이라 말을 잘 알아듣는데 유독 장철수만 이해를 못 하는 경우가 많았기 때문이다.

장철수는 좀 언짢은 얼굴로 미간을 찡그렸다.

"아, 이해했어! 누굴 죽을 날 받아놓은 중늙은이로 아나. 관뚜껑에 못질하는 소리 들으려면 아직 멀었다!"

장철수의 말에 여기저기서 왁자한 웃음이 터졌다.

하나 그 와중에도 설열음과 이서진은 별다른 표정의 변화가 없었다.

그와 반대로 견우리는 배를 잡고 데굴데굴 구르는 중이었다.

"아하하하하하하! 철수 할아버지 열폭하시는 것 좀 봐! 짱

웃겨! 꺄하하하하!"

견우리는 심한 조울증을 앓고 있다.

어제까지만 해도 우울함의 극치를 달리더니 오늘 아침, 눈을 뜨고 나서는 계속 신이 나 있었다.

이 그룹에서 가장 시끄러운 사람이 김기혜와 이건이었는데, 지금의 견우리는 그 두 사람을 능가했다.

오죽하면 털털하기 그지없는 이건이 두 귀를 막고서 이를 빠득빠득 갈아댔겠는가.

장철수 덕분에 웃던 사람들은 요란 떠는 견우리로 인해 입을 딱 다물었다.

어제랑 백팔십도 달라진 그녀의 모습이 영 적응하기 어려웠다.

견우리로 인해 분위기가 부산스러워지자 장도민이 나섰다.

"자자, 그만하고! 얼른 이 메추리 알이나 부화시킵시다!"

장도민의 말에 비로소 사람들은 행운의 펜던트를 착용하고서 탐욕의 목걸이를 부화시켰다.

그 결과는 대박이었다.

전부 B—이상의 아티팩트를 얻었다.

전율은 멤버들이 소유한 아티팩트들을 일일이 확인하지 않았다.

그들도 눈이 있으니 아티팩트의 설명문을 읽을 수 있고, 머

리가 있으니 어떻게 사용해야 자신에게 유리한지 충분히 파악
할 수 있을 터였다.

전율이 하나하나 챙겨주는 건 오히려 역효과다.

사냥을 할 능력을 길러줘야지 먹잇감을 가져다주면 안 된
다.

멤버들이 전원 아티팩트를 귀속시킨 이후, 전율은 비로소
마스터 콜을 허락했다.

*　　　　*　　　　*

멤버들은 모두 무사히 13층 필드를 통과했다.

이제 남은 건 12층 필드였다.

어지간해서는 12층 필드도 무사히 통과할 수 있을 수준들
이었다.

그래서 전율은 크게 걱정하지 않았다.

전율은 12층 필드를 세 명씩 짝을 지어 진입하게 했다.

12층 필드의 클리어 조건은 모험가들끼리 싸워 최후의 3인
이 되는 것이다.

모든 이가 동시에 접속해 버리면 어스 뱅가드의 멤버들끼리
싸워야 하는 상황이 벌어지고 만다.

처음으로 마스터 콜에 접속한 건 견우리, 조하영, 이건이었다.

다행스럽게도 그들은 시작부터 셋이서 동맹을 맺어 다른 모험가들을 물리치며 비교적 쉽게 12층을 클리어했다.

다음으로 접속한 건, 김기혜, 유지광, 설열음이었다.

그들 역시 앞선 멤버들과 같은 전략으로 최후의 3인이 되어 클리어했다.

세 번째로 접속한 사람은 루채하, 진태군, 이서진이었다.

루채하는 음속으로 이동하며 바람의 칼날을 날리는 두 가지 이능력의 소유자고, 진태군은 강력한 화염 마법을 사용할 수 있으며, 이서진은 중력 제어가 가능하다.

이 셋의 조합은 그야말로 막강했다.

감히 다른 모험가들이 당해낼 수 있는 수준이 아니었다.

때문에 기쁜히 12층을 클리어했다.

마지막으로 접속을 한 건 장도민과 장철수였다.

전율은 일부러 이 둘을 붙였다.

어스 뱅가드의 일원이 11명이다 보니 어쩔 수 없이 한 팀은 두 명이서 모험가의 필드를 클리어해야 했다.

한데 전율이 장도민과 장철수를 엮은 이유는 장도민의 배리어와 장철수의 생령 흡수가 대단한 시너지를 발휘할 것이란 계산 때문이었다.

전율의 예상은 들어맞았다.

장도민은 배리어의 능력으로 모험가들의 움직임을 끊임없

이 방해했다. 그사이 장철수는 모험가들의 생령을 흡수했다.

물론 장도민도 장철수의 서포터 역할만 하는 건 아니었다. 그에게는 배리어로 상대방을 공격할 수 있는 방법이 존재했다. 몬스터에게 그러했던 것처럼 모험가가 배리어의 사정권에 들어오는 순간 몸에다가 결계를 전개하는 것이다.

강력한 배리어는 육신의 능력이 초인급에 달한 모험가의 허리도 두부처럼 잘라 버렸다.

그렇게 두 사람도 12층을 클리어했다.

이제 남은 건 전율과 함께 11층으로 향하는 것이었다.

전율은 사람들에게 잠시 휴식 시간을 주었고, 다시 모두를 한데 모아 마스터 콜에 동시 접속하려 했다.

그런데 가만히 창밖을 바라보던 설열음이 손으로 하늘을 가리키며 나직이 읊조렸다.

"하늘에… 이상한 게……."

원체 말이 없던 설열음인지라 모두의 이목이 집중되었다.

어스 뱅가드 멤버들이 우르르 설열음에게 다가가 같이 창밖의 하늘을 올려다봤다.

그리고 그대로 굳었다.

전율도 멤버들의 곁으로 다가섰다.

그들이 뭘 본 것인지 이미 짐작하는 바가 있었지만 아니기를 바랐다.

하나, 그 바람은 역시 부질없었다.

하늘에는 그토록 보지 않기를 바랐던 얼굴 하나가 지구를 관찰하고 있었다.

"데모니아……."

전율의 입에서 그녀의 이름이 흘러나왔다.

Chapter 48.
생존의 전장

"여자 얼굴이… 하늘에 떠 있다니?"

장철수가 넋 나간 표정으로 천천히 도리질을 했다.

그러자 옆에 있던 김기혜가 놀란 얼굴로 소리쳤다.

"우아! 저, 저 여, 여자 얼굴… 완전 예뻐. 꺄악!"

"정말 네가 말한 대로 됐군."

이서진이 팔짱을 끼고서 굳은 얼굴로 전율에게 말을 건넸다.

전율이 고개를 끄덕였다.

전율은 어스 뱅가드의 멤버들과 접촉할 당시 이런 현상이
일어날 것이라고 언급을 해두었었다.

그것이 실제로 일어났다.

되도록 피하고 싶었던 상황이었다.

그러나 결국 최악의 시나리오가 벌어졌다.

짝짝!

전율이 박수를 쳐 모두의 이목을 집중시켰다.

"하늘에서 지구를 내려다보고 있는 저 여인의 이름은 데모니아. 전 우주를 돌아다니며 막무가내로 행성을 파괴하고 있는 절대악입니다. 그리고 우리가 지금부터 싸워야 하는 적입니다."

"이제… 8일 후면 첫 번째 외계 종족 군단이 지구로 쳐들어오는 겁니까?"

장도민이 물었다.

"그래요. 첫 번째 외계 종족의 이름은 비앙느. 저를 비롯한 여러분이 없을 당시의 미래에서 녀석들은 4만여 명의 목숨을 앗아 갔습니다. 그리고 놈들을 말살하는 데 1년이 걸렸죠. 이후부터 쳐들어오는 외계 종족을 생각해 보면 그렇게 강인한 녀석들은 아닙니다. 오히려 약하다고 할 수 있겠죠."

이건이 주먹을 불끈 쥐고 앞으로 나섰다.

"좋아, 내가 바라던 게 이런 거야! 미래에서 4만 명이 죽었다고? 이번에는 단 한 명도 죽거나 다치게 하지 않을 테다!"

자신만만하게 소리치는 이건이었지만, 다른 사람들의 표정은 그다지 밝지 않았다.

다가오는 전투에 대한 불안감 때문이 아니었다.

전쟁이라는 것이 누구의 희생도 없이 끝낼 수 있는 게 아님을 잘 알고 있었기 때문이었다.

그들이 아무리 노력해도, 필시 민간인 사상자는 생길 것이다.

그리고 그 사상자들은 어스 뱅가드 멤버들의 지인, 혹은 친척, 혹은 가족이 될지도 모르는 일이었다.

이미 외계 종족으로 인해 가족을 잃어본 전율 역시 그게 얼마나 큰 아픔인지 잘 알고 있었다.

해서, 최대한 민간인의 희생 없이 이 전투를 끝내고 싶었다.

중요한 건, 그게 가능할 수도 있다는 사실이었다.

비앙느라는 종족은 가장 강한 상대를 우선시해 총공격을 퍼붓는 성질이 있다고 레모니아에게 들었다.

때문에 녀석들의 목표가 전율이 될 것은 자명한 일이다. 그 사이에 전율과 어스 뱅가드 멤버들이 총공격을 펼치면 민간인의 희생 없이 전쟁을 마무리 짓는 것도 가능할 법했다.

전율은 이러한 사실을 멤버들에게 일러주었다.

그러자 어두웠던 이들의 얼굴이 그나마 좀 밝아졌다.

레모니아의 얼굴을 본 이들은 이제 정말 전쟁이 코앞에 닥쳤음을 실감했다.

그리고 그들의 마음속에 자리한 결의도 더욱 커졌다.

　　　　　*　　　　　*　　　　　*

　전 세계는 갑자기 하늘에 나타난 정체불명의 얼굴로 인해
발칵 뒤집혔다.

　세상의 모든 뉴스가 이 현상에 대해서 보도하기 바빴다.

　나사는 물론이요 내로라하는 학자와 석학들도 전부 하늘
에 나타난 여인의 얼굴에 대해 조사를 시작했다.

　하지만 누구도 이렇다 할 대답을 내놓지 못한 채, 시간만
흘러갔다.

　전율의 가족들도 마찬가지였다.

　데모니아의 얼굴이 하늘에 나타난 날, 전율은 가족들이 놀
랐을까 걱정돼, 이스 벵가드 멤버들에게 각자 개인 수련을 하
고 있으라 이른 뒤 당장 집으로 찾아갔다.

　그날은 일요일이었고 이유선의 식당이 쉬는 날이었다. 그래
서 이유선과 하율, 소율도 전부 집에 있었다.

　전대국도 하늘에 이상 현상이 발생하자 가족들이 걱정되어
작업실을 박차고 나와 집으로 달려온 터였다.

　그렇게 한 가족이 집에 모여 거실에 둘러앉았다.

　"대체 이게 무슨 일이라니?"

　이유선이 먼저 운을 뗐다.

　"거참, 아무리 세상이 미쳐 돌아간다지만 이건 좀……."

전대국이 착잡한 얼굴로 이유선의 말을 받았다.

"이러다가 진짜 영화에서처럼 무슨 큰일 나는 거 아니야? 외계인의 침입이라든가 그런 거!"

소율이가 바들바들 떨었다.

"설마… 그건 그냥 영화잖아."

하율이가 고개를 저으니 소율이가 베란다 밖으로 보이는 하늘의 얼굴을 가리키며 소리쳤다.

"지금 영화에서나 벌어지는 일이 나타났잖아!"

"그, 그건 그렇지만……."

하율이의 말문이 턱 막혔다.

그때 비로소 전율이 입을 열었다.

"다들 걱정 마세요. 소율이도, 누나도 걱정하지 마."

"응? 걱정 말라니? 율아, 너 저 얼굴에 대해 뭐 아는 거라도 있냐?"

전대국이 은근한 어투로 물었다.

사실 저 얼굴에 대해서는 지구인 중 전율이 가장 잘 알고 있을 터였다.

하지만 전율은 자신이 아는 것을 사실대로 얘기할 수 없었다.

아직은 말이다.

"그런 건 아니구요. 그냥 일시적인 어떤 현상일 수도 있는

데, 너무 걱정만 하다가 정작 우리가 해야 할 일을 못 하게 되면 시간이 아깝잖아요."

그러자 전대국이 콧방귀를 탕 꼈다.

"이 녀석아, 너는 참 속도 편하다. 저런 걸 보고서도 그런 말이 나오냐?"

"그래, 율아. 아무래도 이건 보통 일이 아닌 것 같아."

하율이 전대국의 말에 힘을 보탰다.

"만약 무슨 일이 생기더라도 우리 가족한테는 아무 일도 안 생기게 할게요, 제가."

사실 허풍 가득한 말이었다.

가족들은 그렇게 생각했다.

한데 이상히게도 진율이 이야기하면 허풍이라 하더라도 믿음이 갔다.

그러면 정말 지구에 큰일이 생겨도 가족들은 어떻게든 지켜줄 수 있을 것 같았다.

동시에 그런 느낌을 받은 가족들은 일제히 너털웃음을 터뜨렸다.

"율이 너, 지금 한 말 책임져라."

"그럼요, 아버지."

"허이고 참, 그놈 넉살은. 그건 그렇고 율아."

"네?"

"저 여자 얼굴… 제법 예쁘지 않냐?"

전대국 나름에는 전율이 풀어준 분위기를 더욱 즐겁게 만들어보겠다고 한 소리였다.

하지만 그런 그에게 돌아온 건.

"어머. 오늘 점심은 김치 하나만 가지고 드시고 싶어요?"

이유선의 살기 어린 음성이었다.

*   *   *

전율은 가족들과 점심을 먹고 다시 펜션으로 돌아왔다.

어스 뱅가드 멤버들도 알아서 점심을 차려 먹은 이후였다.

이제 본격적으로 지하 11층에 돌입하기 위해 마스터 콜을 시작해야 할 때였다.

한데 문득 어스 뱅가드란 이름이 너무 익숙하게 다가오더니 까맣게 잊고 있던 기억 하나가 떠올랐다.

'맞아. 어스 뱅가드. 미래에 세워지는 지구방위연맹의 이름이었어. 어떻게 그걸 잊을 수 있지?'

그래서 설열음이 이능력자들 집단의 이름으로 어스 뱅가드를 말했을 때 전율도 거부감이 없었던 것이다.

그녀는 미래에서 온 사람이 아니니 어스 뱅가드에 대해 들어본 적도 없었을 것이다.

그야말로 대단한 우연이었다.

"이제 드디어 율 리더님이랑 같이 마스터 콜을 하는 거네요? 두근두근~ 두근두근~!"

김기혜가 눈을 반짝반짝 빛냈다.

"얼마나 강한지 내 눈으로 똑똑히 봐주겠어!"

이건도 투지를 마구 불태웠다.

"나 위험해지면 잘 지켜줘, 율 리다~"

장철수는 답지 않게 약한 척을 했다.

"11층은 나도 가본 적이 없어서 개인 퀘스트가 주어질지 합동 퀘스트가 주어질지 모릅니다. 그럼 시작합니다."

전율이 자리에 드러누웠다. 다른 이들도 덩달아서 누웠다.

"셋을 세면 접속합니다. 하나, 둘, 셋. 마스터 콜."

"마스터 콜."

전율은 포함 12명의 어스 뱅가드 멤버들은 동시에 마스터 콜에 접속했다.

*　　　　*　　　　*

하얀 공간 앞에 두 개의 문이 있었다.

그동안 이 공간을 몇 번이나 오가면서도 지하 11층으로 향하는 문턱은 처음으로 넘어서는 것이었다.

11층으로 몸을 밀어 넣으니 주변의 광경이 허물어지며 좁은 석실이 나타났다.
　전율은 석실의 벽에 적힌 퀘스트를 확인했다.

타입 : 필드

이름 : 생존의 전장(지하 11층)

목표 : 적군 100인의 섬멸

제한 시간 : 없음

보너스 : 죽음에서 한 번 부활할 수 있음

성공 조건 : 적군 100인의 섬멸

실패 조건 : 두 번의 죽음

성공 시 보너스 : 30,000링

실패 시 페널티 : 생존의 전장에 재도전

'적군 100인의 섬멸?'

지하 11층의 퀘스트치고는 조금 쉬운 것이 아닌가 싶었다.

트롤 무리도 혼자서 다 때려잡는 전율이다.

지금은 그때와 비교도 안 될 만큼 강해졌다.

한데 고작 100인의 섬멸이라니.

[생존의 전장에 오신 걸 환영합니다. 퀘스트는 확인하셨겠

지요.]

전율이 고개를 끄덕였다.
"물론."

[솔직히 전율 님은 당장 지하 5층으로 향해도 무리가 없을 실력이긴 합니다. 그래서 당장 6단계를 건너뛰게 해드리고 싶으나 형평성에 어긋나니 그럴 수가 없습니다.]

페이는 전율의 심정을 꿰뚫기라도 한 듯 말했다.
"그런가?"

[하지만 전율 님의 다른 동료분들은 이번 층이 그렇게 쉽지만은 않을 겁니다.]

"이번에도 협동 퀘스트인가?"

[나가보면 아시겠죠. 건투를 빕니다.]

어쩐 일로 친절하게 나오는가 했다.
당장 싸늘해진 페이는 딱딱한 어투로 툭 던지듯이 말했다.

동시에 석실의 문이 텅 하고 떨어져 나갔다.

그리고 전율의 앞에 놀라운 광경이 펼쳐졌다.

우와아아아아ー!

크르르르르르ー!

전방에서 사람의 것과 사람이 아닌 것들의 고함 소리가 울려 퍼졌다.

전율은 낮은 언덕 위에 서 있었다.

그곳에서 저 앞을 내려다보았다.

용의 머리와 사자의 몸, 독수리의 날개를 가진 기이한 생명체 무리와 그들과 전혀 다른 모습을 한 여러 종족이 서로 맞서 싸우고 있었다.

기이한 생명체의 머리 위에는 '달토르만'이라는 이름이 떠 있었다. 이름의 색은 붉은색이었다.

반면 달토르만에게 맞서 서로 연합해 싸우는 다른 종족들의 이름은 파란색으로 표기되어 있었다.

전율은 그게 무얼 의미하는 것인지 대번에 알았다.

파란색은 아군, 붉은색은 적군이었다.

지금 이곳은 전장이었다.

전율과 어스 뱅가드 멤버들은 전장으로 소환된 것이다.

"페이, 여기도 레모니아 님이 만들어낸 가상의 공간인가?"

[아닙니다.]

"그럼 뭐야?"

[이곳은 페로모나 행성. 실제로 존재하는 곳이며 데모니아를 따르기로 맹세한 외계 종족 무리 중 하나의 고향입니다.]

"네 말은 우리가 지금 마스터 콜을 이용해 다른 행성으로 오게 되었다는 말이야?"

[그렇습니다. 하지만 걱정하지 않으셔도 됩니다. 호흡이나 중력의 문제 같은 건 마스터 콜을 이용하면서 저절로 조정되었습니다. 지구처럼 편안하게 활동할 수 있을 겁니다.]

전율이 궁금한 건 그런 게 아니었다.
여태껏 가상의 공간에서만 활동을 하다가 왜 실제로 존재하는 행성으로 텔레포트되었느냐는 것이다.
페이가 정말 모르는 건지 모르는 척하는 건지, 알 수가 없었다.
"페이, 내가 묻는 건 그런 게 아니야."

[혹시 다른 행성에 보내진 이유 말인가요?]

역시 알고 있으면서 전율을 놀린 것이었다. 능구렁이.
"놀리지 말고 대답이나 해."

[이제부터는 모든 필드가 이런 식으로 진행될 것입니다. 데모니아가 다른 행성을 침략하는 데 정신이 팔린 동안, 우리는 그녀와 계약한 뒤, 아직 별다른 행동을 하지 않고 있는 외계 종족들을 멸망시켜 나가는 것이죠.]

그 말에 전율이 고개를 갸웃거렸다.
"네가 한 말엔 엄청난 모순이 있지 않아? 모험가들이 데모니아의 군단을 공격하는데, 그녀가 가만히 있는다고?"

[전율 님은 아직 데모니아에 대해 모르시는 게 많아요. 그녀는 특별한 경우가 아니면 절대 스스로 움직이지 않아요.]

"왜지?"

[죽어가고 있기 때문이죠.]

이것은 또 처음 듣는 얘기였다.

데모니아가 죽어가고 있다고? 전율은 아직도 그녀와 대적했던 날의 기억이 눈에 선했다.

데모니아의 앞에서 전율은 바람 앞의 촛불이나 다름없었다.

그녀의 머리카락 하나 건드리지 못하고서 무참하게 당하고 말았었다.

도저히 넘어설 수 없는 태산과 같던 그녀가 죽어가고 있다는 건 쉽게 받아들이기 힘든 대목이었다.

전율은 아무런 말도 하지 않았다. 그러나 페이는 전율의 심경을 훤히 읽고 말을 이었다.

[데모니아가 전 우주를 상대로 파렴치한 악행을 저지르는 이유. 그건 꺼져 가는 생명의 기운을 연장시키기 위해서죠. 그녀는 자신의 군대로 다른 행성을 침략해 파괴하고 그곳에서 죽어나간 이들의 생명을 흡수합니다. 이런 사실을 아는 이는 몇 없습니다. 왜? 데모니아는 자신이 죽어간다는 걸 숨기고 싶어 하기 때문입니다. 그래서 이런 악행을 단순히 스스로의 유희거리 정도로만 공표하고 있습니다.]

"그런데 그걸 갑자기 내게 왜 말해주는 거지?"

[이제는 전율 님께서 데모니아를 막을 중요한 열쇠가 되었기 때문입니다. 이건 제가 아닌 레모니아 님의 판단이었습니다. 어찌 되었든 그런 이유로 데모니아는 주로 군단을 뒤에서 조종할 뿐, 직접 움직이지는 않습니다. 그녀가 행동을 할 때마다 그녀의 생명이 소멸됩니다. 데모니아는 단 한 톨의 생명이라도 더 키워 보존하고 싶어 합니다. 때문에 우리가 이런 식의 역습을 벌이는 것도 가능한 겁니다. 물론 이러다 더 강력한 외계 종족이 지원군으로 붙는 경우도 있습니다.]

"그렇군."

전율은 페이의 말을 곱씹어 정리하면서 고개를 끄덕였다.

[얘기가 길어졌습니다. 전율 님의 동료들이 당신만 바라보고 있군요. 방금 얘기는 그들에게는 전해지지 않았습니다. 나중에 전율 님께서 적당할 때 전해주시면 됩니다. 그럼, 퀘스트를 시작하십시오.]

페이의 음성이 끊어진 뒤, 전율은 주변의 석실에서 나온 어스 뱅가드 멤버들에게 다가오라 손짓했다.

그러는 사이 또 다른 석실들이 여기저기 나타났고, 그 안에서 다른 행성의 모험가들이 하나둘 튀어나왔다.

전율은 그들에게 관심을 끄고 멤버들에게만 신경을 집중했다.

"다들 퀘스트는 이해했습니까?"

"아군을 도와 적군을 100마리 이상 잡으라 이거지?"

이서진이 말했다.

"심플하게 설명하자면 그렇습니다. 하지만 우리가 가장 믿을 수 있는 최고의 아군은 바로 우리밖에 없습니다. 다른 이들을 굳이 도와줄 생각도 말고, 도움받을 생각도 마십시오. 필시 저 중에는 12층 필드에서 여러분에게 한 번 죽임을 당한 뒤, 다시 도전해서 11층 필드로 넘어온 이가 존재할 겁니다."

"보복할지도 모른다 그 말이죠?"

장도빈이 끼어들었다.

"맞습니다."

"보복? 어디 해보라 그래! 내가 아주 사지를 뽑아버릴 테니까!"

"그럼 난 모가지를 뽑을 테다!"

이건과 김기혜가 차례대로 소리친 뒤 하이파이브를 했다.

"그럼 시작합니다. 초반에 저는 무조건 여러분들을 서포트합니다. 그리고 여러분이 모두 퀘스트에 성공하면 제가 마지막으로 퀘스트를 완수하고 복귀하겠습니다."

"혼자서 괜찮겠습니까?"

루채하가 걱정스레 물었다.

전율이 자신들을 지금의 위치까지 이끌어준 건 사실이지만, 실상 그의 실력을 제대로 확인한 적은 한 번도 없었다.

유지광과 진태군도 은근한 시선을 전율에게 보냈다.

전율은 그들의 근심을 충분히 이해할 수 있었다.

하지만 굳이 말로 안심시켜 줄 필요는 없었다.

실력으로 보여주면 된다.

전율은 오래간만에 소환수들을 소환시켰다.

"소환, 육미호, 디오란."

그러자 전율의 이마에 흘러나온 두 개의 빛 무리가 육미호와 디오란의 모습으로 변했다.

그 광경에 어스 뱅가드 멤버들은 놀라 눈이 휘둥그레졌다.

"지, 지금 이마에서 뭐가 튀어나온 거야?"

"우와~! 포켓몬스터 같아요! 율 리더 짱!"

"율 리더! 그건 어떻게 하는 거예요? 견우리한테도 가르쳐 줘요! 나 무조건 배울 거야! 완전 신기해!"

차례대로 유지광, 김기혜, 한창 조중에 들어선 견우리의 말이었다.

세 사람의 수선에 육미호가 귀를 확 틀어막고 눈을 사납게 떴다.

"아 시끄러워. 우리 주인~ 나 저것들부터 죽이면 안 될까?

앵앵거리는 게 영 짜증 나는데."

"안 된다는 거 당연히 알고 있지?"

"흥, 운 좋은 줄 알아. 안 그래도 지금 꼬리 하나가 더 자라
날락 말락 하는 시기라서 엄청 홍분돼 있거든. 조금만 건드리
면 아무나 물어뜯어 죽이고 싶어진단 말이야."

육미호는 전율과 12층을 여러 번 오가는 동안 모험가들의
생기를 흡수해서 많은 성장을 이룩한 터였다.

이제 칠미호가 되는 건 시간문제였다.

약간의 생기만 더 흡수하면 그녀는 바로 칠미호로 진화할
수 있었다.

"반갑습니다, 주인님의 벗 되시는 여러분."

디오란이 인사를 건넸다.

그에 턱을 쓰다듬던 이서진이 고개를 주억거리며 말했다.

"어디서 봤나 했더니 던전에서 한번 잡았던 보스 몬스터였
네? 한데 저게 왜 율 리더를 주인이라고 부르는 거야?"

"그럴 만한 사정이 있었습니다. 지금부터 저, 그리고 제 소
환수들이 여러분을 호위할 겁니다."

그때였다.

장철수가 손가락으로 하늘을 가리켰다.

"잉? 저기 봐. 하늘에 붉은색 숫자 같은 게 떠 있는데?"

일행의 시선이 일제히 하늘로 향했다.

그곳에는 정말로 붉은색의 거대한 숫자가 떠 있었다.

'12,709'이라 표기되어 있는 숫자는 시간이 지날수록 빠르게 줄어들고 있었다.

잠시 멍하니 있는 사이 금세 1,000이나 되는 숫자가 줄어들어 버렸다.

그 숫자가 무엇을 의미하는지 가장 먼저 알아챈 건 장도민이었다.

"때려잡아야 하는 적들 숫자야 저거! 여기서 머뭇거리다 저 새끼들 다 뒈지면 우린 퀘스트 완료 못 한다고! 어서 가자!"

장도민의 판단은 정확했다.

전율 일행이 계속 잡담을 나누는 와중에도 새로운 석실은 속속 등장했고, 거기서 나온 모험가들이 전장에 참여했다.

어스 뱅가드 멤버들은 기합을 넣고 일제히 전장으로 달려나갔다.

피와 살이 튀며 난전이 벌어지는 전장은 그야말로 아수라장이었다.

모험가와 달토르만은 서로 죽고 죽이며 치열한 싸움을 이어나갔다.

하지만 결국 유리한 건 모험가 쪽이었다.

모험가들은 기본적으로 한 번 죽어도 되살아날 수 있다는 보너스가 있었다.

이것은 사실 현실에서 적용이 되어서는 안 되는 법칙이었다.

그러나 레모니아의 권능으로 인해 11층 필드에 진입한 모든 이가 언데드 청소부의 타이틀 능력이 현실에서 구현되는 버프를 받게 되었다.

언데드 청소부 타이틀은 전율이 얻었던 타이틀 중 하나로 그 능력은 죽음에서 한 번 부활하는 것이다.

이것은 오로지 마스터 콜에서만 적용할 수 있으나, 현실에서 사용할 수 있는 방법도 없는 건 아니다.

바로 스토어에서 파는 리얼라이즈 링을 구매하면 타이틀의 능력을 현실에 적용하는 것이 가능해진다.

한마디로 11층의 필드, 즉 페로모나 행성에 진입한 모험가들은 진부 인데드 청소부 타이틀과 리얼라이즈 링의 능력을 버프로 받은 것이다.

그것은 놀라운 일이 아닐 수 없었다.

하나, 항상 이런 편의가 따를 리 만무했다.

전장으로 향하는 모두의 귀에 페이의 음성이 들려왔다.

[다음 전장부터는 죽음은 그것으로 끝, 부활 보너스가 주어지지 않습니다. 아울러, 전장에서의 죽음은 현실의 죽음으로 이어집니다. 주의해 주십시오.]

갑작스런 경고에 어스 뱅가드 멤버들의 집중력이 살짝 흐트러졌다.

"뭐, 뭐야, 갑자기! 여기서 죽으며는 진짜로 죽는다고? 그런 말 없었잖여!"

장철수가 고함을 버럭 질렀다.

"그게 아니라, 할배! 이다음 전장부터 그렇게 된다고!"

장철수의 옆에 바짝 붙어 달리던 장도민이 소리쳤다.

"하여튼 하나부터 끝까지 맘에 안 들어. 마스터 콜이라는 거, 뭔가 알게 모르게 사람 신경 은근히 긁는 데가 있어."

낮게 읊조리며 이를 빠득 간 진태군의 양손에 불길이 화르륵 타올랐다.

"모험가들에게 불친절한 건 사실이지."

이서진도 진태군의 의견에 동의했다.

"다들 잡담 그만하고! 일단은 눈앞에 보이는 것들부터 때려잡을 생각 해요들! 나중 일은 나중에 떠들어!"

역시나 분위기가 어수선해질 때마다 이를 바로 잡는 건 장도민이었다.

그의 한마디에 어스 뱅가드 멤버들은 다시 전장에 집중할 수 있었다.

"그러니까 머리 위에 붉은 글씨로 달토르만이라고 적혀 있는 괴물만 잡으면 되는 거지? 다른 괴물은 잡지 말고?"

사실 전장에서 달토르만만큼 징그럽게 생긴 모험가들도 많았다.

그 넓은 우주 수많은 행성에서 선택된 모험가들이 모여든 마스터 콜이다.

그렇다보니 외형도 각양각색이었다.

사람의 입장에서는 그들도 달토르만처럼 괴물로 비추어질 수 있었다.

"맞아, 할배! 선빵은 내가 날릴게!"

이건이 시원하게 소리치며 앞으로 쭉 달려 나갔다.

그의 전신이 검게 물들더니 전신이 두 배 이상 거대해졌다.

강철화가 구현된 것이다.

강철화는 본래 육신을 상철처럼 단단하게 만들어주는 이능력이다. 한데 그것이 업그레이드되어 이건의 육신은 오러의 공격에도 버틸 수 있고 오러만큼의 파괴력을 낼 수 있을 정도로 강인해졌다.

아울러 덩치까지 두 배 이상 거대화시킬 수 있게 되었다.

그럼에도 이건이 입고 있는 하얀색 슈트는 찢어지지 않았다.

오히려 그의 체형에 딱 맞춰 신축성 있게 늘어났다.

그 옷이 바로 이건이 탐욕의 알에서 부화시킨 B+급 아티팩트 '화이트 뱅(White Bang)'이었다.

화이트 뱅은 착용자의 신체에 맞춰 그 사이즈를 얼마든지 변화시킨다. 아울러 착용자의 육체 능력과 모든 저항력을 30퍼센트 올려준다.

그 정도면 상당히 괜찮은 능력치의 아티팩트였지만 안타깝게도 성장형이 아니었다.

이건은 그런 것에 딱히 신경 쓰지 않았다.

그저 심플한 디자인의 깔끔한 슈트가 맘에 들었다. 게다가 때도 타지 않아 세탁할 필요가 없다는 것이 더 맘에 들었다.

"죽어라 새끼들아!"

콰앙!

그의 주먹이 불을 뿜으며 뻗어나갔다.

노리는 건 마주 달려들던 달토르만의 머리!

하나, 달토르만도 그저 만만하게 볼 외계 종족은 아니었다.

전광석화와도 같은 이건의 주먹을 유연하게 피한 달토르만이 입을 쩍 벌리고 날카로운 이빨로 이건의 머리를 콰직 씹었다.

콰드득!

히지만.

빠득! 빠지직!

부서지는 건 결국 달토르만의 이빨이었다.

전신이 강철화된 이건의 육신은 오러급의 강도를 자랑하고 있으니, 고작 달토르만의 이빨로 어찌할 수 있는 수준이 아니었다.

이건이 씩 웃었다.

"다 했냐? 이번엔 진짜다!"

쐐애애애액! 퍼억!

이건이 한 번 더 주먹을 내질렀다.

이번엔 달토르만도 피할 틈이 없었다.

퍼걱!

무쇠와 같은 주먹에 얻어맞은 달토르만의 두개골이 수박처럼 터져 나갔다.

머리를 잃은 달토르만은 비틀거리다가 그대로 쓰러져 시체가 되었다.

"하하! 봤지, 다들!"

이건이 다른 동료들에게 브이(V) 자를 그려 보였다.

그것을 시작으로 어스 뱅가드 멤버들과 달토르만의 본격적인 전쟁이 시작되었다.

『리턴 레이드 헌터』 6권에 계속…

초대형 24시 만화방

신간 100%, 샤워실, 흡연실, 수면실(침대석), 커플석, 세탁기 완비

▪ 강북 노원역점 ▪

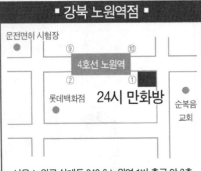

서울 노원구 상계동 340-6 노원역 1번 출구 앞 3층
02) 951-8324 (화용빌딩 3층)

▪ 일산 정발산역점 ▪

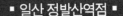
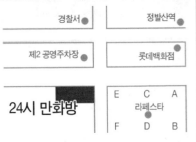

라페스타 E동 건너편 먹자골목 내 객잔건물 5층
031) 914-1957

▪ 일산 화정역점 ▪

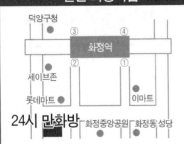

경기도 고양시 덕양구 화정동 984번지 서일빌딩 7층
031) 979-4874 (서일사우나 건물 7층)

▪ 부천 역곡역점 ▪

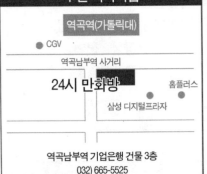

역곡남부역 기업은행 건물 3층
032) 665-5525

▪ 부평역점 ▪

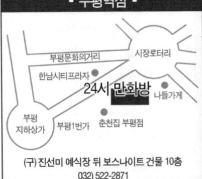

(구) 진선미 예식장 뒤 보스나이트 건물 10층
032) 522-2871

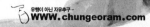

FUSION FANTASTIC STORY

탁목조 장편 소설

천공기

탁목조 작가가 펼쳐 내는 또 하나의 이야기!

『천공기』

최초이자 최강의 천공기사였던 형.
형은 위대한 업적을 이룬 전설이었다.
하지만 음모로 인해 행방불명되는데⋯⋯.

"형이 실종되었다고
내게서 형의 모든 것을 빼앗아 가?"

스물두 살 생일,
행방불명된 형이 보낸 선물, 천공기.
그리고 하나씩 밝혀지는 진실들.

천공기사 진세현이 만들어가는 전설이 시작된다!

Book Publishing CHUNGEORAM

유행이 아닌 자유추구 -
WWW.chungeoram.com